ALFRED HITCHCOCK

Blaue Bohnen zum Dessert

KRIMI-KNÜLLER BAND 9

Schneider-Buch

Inhalt

Der perfekte Plan

Als er nach seiner Herzattacke eine ganze Weile im Krankenhaus zugebracht hatte, meinte der Doktor, er solle nun nach Hause gehen, um dort Ruhe zu haben und sich auszukurieren, aber Bucky konnte ihm schließlich nicht erzählen, daß er gar kein Zuhause habe. Er hatte zwar ziemlich viele möblierte Zimmer bewohnt, und es gab eine Menge Ex-Frauen ringsum, aber nirgendwo ein wirkliches Zuhause. Aber dafür hatte Bucky von seinem letzten Raubüberfall noch 785 Dollar übrig. So mietete er ein billiges Zimmer in diesem ruhigen Stadtteil und ruhte sich aus, wie der Arzt ihm geraten hatte. Wie ein Tier, das sich zum Sterben verkriecht, bevorzugte er einen unbekannten Ort in einer Umgebung, die ihm fremd war, eine Gegend, in der ihn die vielen Gauner und Raufbolde, die er verprügelt oder übers Ohr gehauen hatte, nie vermuten würden, ihn, der dort hilflos herumliegen würde, unfähig, sich zu wehren.

Während der langen Wochen, die er auf dem schmalen

Bett ausgestreckt lag, überlegte Bucky, was er in Zukunft noch unternehmen könne. Er konnte natürlich mit Überfällen und kleineren Gewalttaten weitermachen, aber der Gedanke an diesen verflixten Mechanismus in seiner Brust, der mitten in einer Flucht plötzlich aussetzen könnte, machte das Selbstvertrauen, das er für solche Unternehmungen brauchte, zunichte. Oft tastete er seinen muskulösen, kräftigen Körper ab und fragte sich, warum er ihn jetzt, nach fünfzig Jahren tadellosen Funktionierens, plötzlich im Stich ließ. In solchen Augenblikken konnte er einfach nicht begreifen, daß er ein kranker Mann war, doch wenn er nur etwas zu schnell über den Flur zum Badezimmer ging, brachte das schmerzhafte Zusammenziehen in seiner Brust ihn in die Wirklichkeit zurück.

Die meiste Zeit verbrachte er schlafend, las auch viel und machte sich vorläufig nicht allzu viele Gedanken um die Zukunft. Das Zimmer kostete zehn Dollar wöchentlich, und für weitere elf Dollar die Woche brachte ihm seine Vermieterin, eine ältere Frau, gerne zwei einfache Mahlzeiten und die Zeitungen und Illustrierten, die sie bereits ausgelesen hatte. Sie war sehr erfreut, einen so netten ruhigen Mieter zu haben. So war Geld im Augenblick kein Problem, denn unter diesen Umständen würden seine „Ersparnisse" mindestens ein halbes Jahr ausreichen. Aber was kam dann? Bucky war an schnelle Umsätze, an schnelle Drinks, flotte Frauen und noch flottere Aktionen gewöhnt.

Nachmittags saß er des öfteren am Fenster und blickte hinaus auf die Telefonzelle an der Straßenecke und auf das bescheidene Apartmenthaus gegenüber. Das Leben auf der Straße bedeutete Menschen, die man in Habenichtse und Leute mit Geld unterteilen konnte. Und wenn Bucky bis hierhin dachte, glaubte er, daß auch ein Mann mit einem kranken Herzen zu seinem Lebensunterhalt kommen könne.

Das Problem bestand lediglich darin, statt seiner Muskeln, wie bisher, nun mehr sein Hirn anzustrengen.

In einer Illustrierten hatte er eine Anzeige für ein Richtmikrophon gefunden, das nach dem gleichen Prinzip arbeitete wie die großen Geräte dieser Art, welche den Flug einer Rakete verfolgen konnten. In der Anzeige wurde behauptet, daß dieses kleine Gerät Unterhaltungen mithören könne, die mehr als hundert Meter weit entfernt stattfanden. Bucky machte sich langsam und vorsichtig zum nächsten Briefkasten auf und warf dort einen Briefumschlag mit zwanzig Dollar für das gepriesene Richtmikrophon ein.

Als dann das ziemlich große Paket eintraf, setzte Bucky die darin enthaltenen Einzelteile auf seinem Tisch zusammen. Er hatte zwar von Elektronik keine Ahnung, aber er richtete sich genau nach der beigelegten Gebrauchsanweisung. Ein großes Rohr wurde auf einem Dreifuß befestigt und mit einem stethoskopartigen Ohrhörer verbunden. Während er das hochempfindliche Gerät auf zwei Hausfrauen richtete, die draußen auf dem Bürgersteig einen kleinen Schwatz miteinander hielten, hörte Bucky: „...und da habe ich dem Mann an der Kasse gesagt, daß es mir egal ist, was für'n Preis auf den Dosen steht, wenn in der Anzeige das Zeug als Sonderangebot, drei Stück für einen Dollar, empfohlen wird..."

Er richtete das Abhörgerät auf drei kleine Mädchen mit einem Springseil: »...I, J, K, L, M... du bist nicht auf das ‚M' gehüpft; dann ist der Buchstabe ‚M' der Name von deinem Freund. Ich hab's – Marvin. Ha-ha! Der dicke Marvin ist dein Freund!"

Das erste Mal seit jenem schlimmen Augenblick, als er in einer Bar einfach umkippte, vergaß Bucky sein krankes Herz. Den ganzen Nachmittag probierte er das Abhörgerät aus und war um vier Uhr bereits so müde, daß er sich zu einem Schläfchen hinlegte. Um sechs Uhr weckte ihn seine Wirtin mit dem Abendbrottablett. Dann hörte Bukky eine halbe Stunde Radio und wartete ungeduldig darauf, daß es dunkel würde. Als es schließlich soweit war und sich in den Fenstern des gegenüberliegenden Hauses überall Licht zeigte, zog Bucky sich einen Bademantel über, drehte das Licht im eigenen Zimmer aus und setzt sich mit seinem Richtmikrophon direkt ans Fenster. Er steckte sich die Abhörknöpfe ins Ohr und richtete das Gerät auf die beleuchteten Fenster auf der anderen Straßenseite. Obwohl er auf diese Entfernung kaum jemand am Fenster erkennen konnte, war er doch in der Lage, Zwiegespräche zu hören.

„...Mach den Fernsehapparat aus. Zuerst kommt deine

Hausaufgabe, wie oft soll ich dir denn das noch sagen ..."

„Also Liebling, du hättest ihr dämliches Gesicht sehen sollen – du weißt ja, wie blöd sie gucken kann –, als ich beim Bridge gewann – die kippte aus den Pantinen, sag ich dir!«

„... kann ich mir einfach nicht leisten. Können wir nicht mal einen Abend zu Hause bleiben. Außerdem bin ich müde ..."

„Es liegt ganz bei dir, Partner. Entweder du gibst mir ein ausgeruhtes Pferd, die Büchse mit sechs Schuß und das Gold, oder ich ersteche deine Squaw! Ich habe von Dodge City bis Buffalo Hills einige Leute um die Ecke gebracht, einer mehr oder weniger macht mir nichts mehr aus, also wie steht's?"

„Mami, Mami, er hat gar nicht gebohrt! Kluge Kinder wissen eben, daß Zähneputzen mit ..."

Während Bucky sein Gerät von Fenster zu Fenster schwenkte, hörte er Jungmädchengeschwätz, Bruchstükke aus Radio- und Fensehsendungen, Klatsch und Familienstreitgespräche ab. Dann begann er damit, die Fenster des nächsten Apartmenthauses anzupeilen.

Es war ein schwach erleuchtetes Fenster im dritten Stock, und zuerst glaubte Bucky, eine weitere Fernsehsendung erwischt zu haben.

„... und fand das Geld. Na schön, Beth, jetzt weiß du's, und was ist schon dabei?"

„Und das fragst du noch? Was dabei ist? Frank, bist du übergeschnappt? Glaubst du etwa, die Bank wird nichts merken? Du kommst ins Kittchen!"

„Kann sein, aber ich hoffe nicht. Ich habe ein todsicheres System. Beth, wenn du nicht so vorwitzig gewesen wärest, hättest du nichts von alledem erfahren."

„Was willst du mit dem vielen Geld überhaupt anfangen, Frank?"

„Im Augenblick gar nichts. Ich hab jeden Monat tausend eingestrichen, indem ich von alten Sparkonten etwas abgezogen habe, weißt du, solche Konten, die jahrelang nicht angerührt worden waren. Wenn ich 50000 beisammen habe, haue ich ab. Wenn du mitkommen willst – gut, wenn nicht..."

„Mit dir mitkommen? Wohin denn, Frank? Ins Gefängnis?"

„Beth, ich habe nie die Absicht behabt, dich wissen zu lassen, wie ich an das Geld gekommen bin. Ich wollte dir sagen, daß ich beim Wetten gewonnen hätte. Liebling, hör mir mal gut zu, weißt du was mit uns los ist? Dieses dauernde Einerlei von Essen, Schlafen, Arbeiten hat unsere Ehe ruiniert. Und dabei waren wir doch mal so glücklich. Wenn wir beide immer nur arbeiten müssen, haben wir niemals ein schönes gemeinsames Leben. Ich habe nicht die Absicht, mein Leben als pensionierter, abgewrackter Kassierer oder als kleiner Zweigstellenleiter einer Bank zu beenden."

„Aber Frank, das hier ist Diebstahl und Unterschlagung!"

„Vom gesetzlichen Standpunkt betrachtet – ja. Aber ich

habe dazu beigetragen, ihnen Tausende von Dollars zu retten, als die Bank überfallen wurde. Dafür habe ich eine Kugel in den Bauch gekriegt. Und was war der Dank? Ein Anerkennungsschreiben...“

„Sie haben deine Krankenhausrechnung übernommen und dir zwei Monate bezahlten Krankenurlaub zugestanden!“

„Das war wohl 'ne Großtat? Beth, es hat keinen Zweck, uns darüber zu streiten. Ich möchte so wahnsinnig gerne zehn Jahre nach Europa, möchte endlich die Chance haben, malen zu können. Ich hätte gerne, daß du mitkämst, aber wenn du nicht willst, geh ich eben alleine.“

„Frank, Frank, willst du bitte Vernunft annehmen? Bitte bring das Geld zurück, bevor es jemand merkt, bevor es zu spät ist.“

„Herzchen, das geht nicht mehr. Es käme einem Schuldgeständnis gleich. Und außerdem, was wichtiger ist – ich will es auch gar nicht zurückgeben. Kannst du denn nicht verstehen, daß ich auf diese Chance ganz spitz bin? Ich will nicht versauern. Dazu bin ich zu jung. Ich bin fest entschlossen...“

„O Frank, bitte, bitte, gib es zurück. Erkläre ihnen...“

„Das ist unmöglich. Es geht einfach nicht, also hör auf zu jammern. Ich geht jetzt ein Stück spazieren.“

Bucky hörte eine Tür zuschlagen, dann tiefe Stille. Er schaute verstohlen aus seinem Fenster und erblickte kurz darauf einen hochgewachsenen Mann, der eilig das Haus verließ. In der Abenddunkelheit konnte er seine Gesichtszüge nicht erkennen. Dann hörte er, wie Beth weinte und ein paar Minuten später das Drehen einer Telefonwählscheibe.

„Eddie? Ja, ich habe ihm gesagt, daß ich alles wüßte. Nein, er lehnt strikt ab, es zurückzugeben, und sagt, das sei unmöglich. O Eddie, ich weiß nicht mehr, was ich jetzt machen soll. Doch, natürlich will ich ihn verlassen, aber gerade jetzt ist er so in Schwierigkeiten, dieser arme Irre!"

Eine Weile war es still. Bucky konnte nicht verstehen, war am anderen Ende der Leitung gesagt wurde, dann hörte er wieder Beth: „Natürlich bleibe ich konsequent. Aber das Ganze ist ein Alptraum. Ja, gut. Gute Nacht, Liebster."

Dann hörte er sie heftiger weinen als zuvor. Danach das Geräusch von Tellerwaschen und klirrendem Porzellan. Bucky nahm den Hörer aus dem Ohr, machte das Licht an und zeichnete in groben Zügen eine Skizze des Apartmenthauses und vor allem der Fensterfront, wobei er das fragliche Fenster im dritten Stock ankreuzte.

Wieder knipste Bucky das Deckenlicht aus und richtete das Abhörgerät auf ein erleuchtetes Fenster zwei Stockwerke über dem Fenster mit dem „X".

„...sagt sie. Na, du kennst mich ja. Ich habe ihr gesagt, was ich davon halte. Schließlich rief sie dann doch den Geschäftsführer, und ich sagte ihm, daß man mir zu wenig herausgegeben hätte und daß ich mir das nicht gefallen ließe. Und der verbeugte sich immer wieder und sagte: ‚Mary, geben Sie Mrs. Parks 25 Cents. Sehen Sie, Mrs.

Parks, solche Dinge passieren gelegentlich. Die Kassiererin ist eben überlastet, wie Sie sehen...'"

Bucky stellte das Abhörgerät wieder auf den Tisch und machte das Licht an. Auf seiner Zeichnung schrieb er über das soeben beobachtete Fenster im fünften Stockwerk „Mrs. Parks", nahm seine Herztablette und legte sich schlafen. Er wußte nun, was er als nächstes zu tun hatte und schlief deshalb ganz ausgezeichnet.

Schon um sechs Uhr früh war er wieder an seinem Fenster und richtete das Abhörgerät auf das Fenster mit dem Kreuz. Er mußte bis drei Viertel sieben warten. Bis dahin rührte sich nichts. Dann ertönte ein Radiowecker, und er hörte Beths Stimme: „Frank, steh auf!"

Geräusche von plätscherndem Wasser, vermischt mit Radiomusik und der Stimme des Nachrichtensprechers. Um 7 Uhr 10 rief Beth: „Frank, dein Kaffee wird kalt. Wie viele Eier möchtest du?"

„Keines, danke. Nur einen Toast."

„Frank, seit einiger Zeit ißt du nicht mehr vernünftig. Siehst du nicht, wie dich das Geld unter Streß bringt? Ich bitte dich..."

„Beth, hör auf. Ich möchte nicht mehr über das Geld reden. Das ist mein Ernst. Du brauchst nur noch darüber nachzudenken, ob du mit mir kommen willst oder nicht, wenn ich endlich abhaue."

„Das dauert aber mindestens zwei Jahre, vielleicht auch noch länger. Und was passiert, wenn die Bank es herausbekommt?"

„Das ist ein kalkuliertes Risiko, das ich auf mich nehmen muß. Wenn man mich erwischt, gehe ich alleine ins Gefängnis. Vergiß, daß du jemals die Schuhschachtel im Schrank entdeckt hast, dann fühlst du dich auch wohler, ist das klar? Beth, fang bloß nicht wieder an zu heulen. Gib mir mal bitte den Zucker rüber."

Bucky hörte, wie sie ihre Wohnung verließen. Aber da so viele junge Paare um diese Zeit aus dem Haus und zur Arbeit gingen, konnte er nicht wissen, wer von all denen gerade die beiden waren. Wer war Frank? Wer war Beth? Aber im Augenblick war das auch gar nicht von Bedeutung.

Bucky kroch ins Bett zurück und döste noch zwei Stunden vor sich hin, bis seine Vermieterin mit dem Frühstückstablett erschien. Sie erblickte das merkwürdige Instrument auf dem Tisch und fragte: „Ach, ist das das Paket, das gestern früh mit der Post kam. Was is'n das?"

„Das ist eine Tischantenne für mein Radio. Damit kann ich sogar kalifornische Sender reinkriegen. Schönes Wetter heute, ich glaube, ich gehe ein bißchen in die Sonne."

„Das wird Ihnen sicher guttun, aber überanstrengen Sie sich nicht dabei."

Bucky blieb noch bis gegen elf Uhr im Bett, dann zog er sich langsam an, ging hinunter, kreuzte vorsichtig die Straße und betrat den Eingang des Apartmenthauses schräg gegenüber. Die Namensschilder zu beiden Seiten der Klingeln wiesen Parks im fünften Stock aus. Der Name zwei Stockwerke darunter war Edwards.

Langsam und vorsichtig ging Bucky zur Telefonzelle und fragte bei der Auskunft nach der Telefonnummer von Frank Edwards unter der ihm nun bekannten Adresse. Dann kehrte Bucky in sein Zimmer zurück, erschöpft, aber glücklich – er war wieder in Aktion!

Um halb sechs Uhr abends hatte er sein Abhörgerät wieder auf das Fenster der Edwards gerichtet. Er notierte sich die Uhrzeit, als er um dreiviertel sechs das Geräusch der sich öffnenden Wohnungstür hörte. Etwa zwanzig Minuten später hörte er wieder, wie die Tür sich öffnete und Beth rief: „Frank?"

„Ich bin im Schlafzimmer und arbeite."

„Ich mache jetzt Abendessen."

Bucky hielt die nächsten zwei Stunden das Gerät auf das Fenster der Edwards gerichtet. Seine Lauschertätigkeit unterbrach er nur einmal kurz, um zu Abend zu essen. Dann hörte er von gegenüber ganze Passagen aus diesem oder jenem Fernsehfilm, und einmal rief Frank dazwischen: „Schatz, kannst du das Fernsehen ein bißchen leiser drehen? Ich kann mich bei dem Krach nicht konzentrieren."

Das war alles.

Am darauffolgenden Tag blieb Bucky bis nach dem Frühstück im Bett. Er überdachte der Reihe nach alle Möglichkeiten. Die Gelegenheit, die beiden zu linken, konnte nicht besser sein. Es gab keinerlei Verbindungen zwischen ihnen. Er wußte nicht, wie Frank Edwards aussah, und Frank seinerseits hatte keine Ahnung von

Buckys Existenz. Frank wußte nichts von dem Richtmikrophon und würde das Ding auch nie zu Gesicht bekommen. Das Ganze war perfekt.

Bucky ruhte sich den ganzen Tag aus und überlegte, daß es nicht gut wäre, das Telefon hier im Hause zu benutzen. So kroch er langsam die Treppe hinunter und ging zur Telefonzelle an der Straßenecke hinüber. Es war Viertel nach fünf. Bucky wählte langsam Frank Edwards' Telefonnummer. Niemand nahm den Hörer ab. Bucky blieb in der Zelle und wählte in Abständen immer wieder. Schließlich hörte er eine Männerstimme in der Leitung: „Ja, bitte?"

„Na? Wie geht's Frankie?"

„Danke, prima. Wer spricht denn da?"

„Ein alter Kumpel. Hör mal gut zu, ich..."

„Wer ist denn da?"

„Frankie, reg dich ab und hör zu. Du willst nicht, daß die Bank von den zwanzig Riesen erfährt, die du dir unter den Nagel gerissen hast, oder?"

Eine Sekunde etwa herrschte erschrockenes Schweigen, dann fragte Edwards: „Wer sind Sie?"

„Da mach dir mal keine Gedanken drüber, wer ich bin. Nur eines, Frankie, probier keine Tricks und versuch vor allem nicht, die Stadt zu verlassen. Sonst bring ich die Bank auf Trab. Es kostet dich nur fünf braune Lappen – große versteht sich."

„Ich habe keine Ahnung, wovon Sie sprechen", fuhr Frank ihn an und legte auf.

Bucky wartete einen kleinen Augenblick. Dann wählte er noch einmal. Als Edwards sich meldete, sagte Bucky mit grollender Stimme: „Jetzt ist der Preis gestiegen, nun will ich sechstausend. Also unterbrich nicht mehr unsere Gespräche, sonst kommt es dich zu teuer. Nun hör mal, ich weiß alles von der Schuhschachtel im Kleiderschrank. Und deshalb werde ich dich wieder anrufen, Frankie."

Jetzt legte Bucky seinerseits auf, wartete noch ein paar Sekunden, verließ die Telefonzelle und mischte sich unter die vielen Menschen, die von der Arbeit nach Hause zurückkehrten.

Nach Luft ringend, betrat er kurz darauf sein Zimmer und brachte das Abhörgerät in Position. Und dann hörte er Beth: „Du bist doch wohl verrückt geworden, Frank! Natürlich habe ich keinem etwas davon gesagt. Ich bin selbst halb wahnsinnig vor Angst, wenn ich bloß an das Geld denke. Warum stellst du eine so absurde Frage?"

„Ach, laß nur. Nimm dich bloß in acht, daß du nicht aus Versehen irgend jemandem mal etwas davon erzählst. Du magst es vielleicht nicht glauben, aber in gewisser Weise tue ich dies ja bloß für uns beide."

„Ich wünschte, du hättest nie damit angefangen."

„Okay. Laß uns nicht mehr darüber reden, Beth."

Bucky zog sich ohne Hast aus und ruhte ein wenig auf seinem Bett. Nach dem Abendessen las er noch in der Zeitung und schlief bald darauf ein. Am folgenden Nachmittag war er bereits um dreiviertel fünf in der Telefonzelle. Frank hob gleich beim ersten Läuten ab, und Bucky sagte: „Frankie laß es nicht an Beth aus. Ich hab's nicht von ihr."

„W... wer sind Sie?" Frank schäumte offensichtlich vor Wut.

„Frankie, ich bin jemand, der weiß, daß du zwanzig Riesen hast und monatlich weitere tausend Dollar von der Bank abziehst, um eines Tages nach Europa abhauen zu können. Dieser Traum ist dir doch sicher die sechstausend Dollar wert, die ich von dir kassieren will. Oder etwa nicht?"

Schweigen am anderen Ende der Leitung. Bucky warf einen Blick auf seine Armbanduhr und sagte warnend: „Mach keine Dummheiten, Frankie, sonst wird ein weiterer Tausender fällig!"

„Was wollen Sie von mir?"

„Wie ich schon gestern sagte – sechstausend, damit ich ruhig bleibe. Ich habe auch so meine Träume, und ich bin auch kein Unmensch, weil ich wirklich nicht mehr haben will. Anschließend laß ich dich in Ruhe."

„Wer garantiert mir das?"

Bucky kicherte. „Ich, mein Lieber. Und laß dir eines sagen, es gibt auch eine Ganovenehre. Also – sind wir miteinander im Geschäft oder nicht?"

„Ja, doch. Aber wann kann ich Sie sehen?"

„Ich ruf an und sag dir wann und auch wo du den Kies lassen sollst. Gute Nacht, Frankie."

Als er wieder in seinem Zimmer war, schlich Bucky ans Fenster und erblickte den rothaarigen jungen Mann, der seinerseits am Fenster der Edwards-Wohnung stand und auf die Straße hinunterstarrte. Kichernd kleidete Bucky sich aus und wartete auf sein Abendessen. Anschließend zog er in der Dunkelheit den Tisch zum Fenster hinüber, eine Anstrengung, die ihm einen scharfen Schmerz im Brustkorb verursachte. Er setzte sich an sein Richtmikrophon und achtete darauf, daß nichts davon über den Rand der Fensterbank hinausragte. Während er die Abhörvorrichtung auf das Fenster der Edwards richtete, hörte er Beth fragen: „Warum so schlechter Stimmung heute abend, Frank?“

„Ach, es ist nichts, ich bin nur... ein bißchen müde.“

„Sonnabend hat Mama Geburtstag. Wie wär's, wenn wir das Wochenende mit meiner Familie zubrächten? Dir könnte ein Tapetenwechsel nur guttun.“

„Beth, warum gehst du nicht alleine? Dann kann ich meinem Hobby, meiner Arbeit hier in aller Ruhe nachgehen. Das wird auch sehr erholsam sein.“

„Siehst du, was das Geld schon für Auswirkungen hat! Du hast Angst, aus dem Hause zu gehen. Ich bin selbst schon ganz zappelig vor Angst.“

„Also komm, das ist doch Unsinn. Schau, Beth, du weißt doch ganz genau, wie der Besuch ausgehen wird – das gewöhnliche Hickhack. Das verdirbt nur deiner Mutter den Geburtstag. Schätzchen, nimm den Freitagabend-Zug und sei am Sonnabendnachmittag wieder zurück, ja?“

„Na schön – die erwarten mich schließlich. Frank, willst du nicht auch Danny Kaye ansehen?“

„Doch, Schatz, gerne. Mach den Fernseher an, wir schauen uns das zusammen an."

Am nächsten Tag sagte Bucky am Telefon: „Hallo, Frankie, hier ist dein Freund."

„Schöner Freund."

„Aber ich bin's wirklich. Ich geb dir einen Tip, Frankie: Färb dir nicht deine roten Haare, wenn du eines Tages nach Europa verschwindest, denn genau das wird die Polizei von dir vermuten."

„Danke. Wann sehen wir uns, damit wir's hinter uns haben?"

„Keine Sorge, Frankie, ich sag dir schon, wann."

„Das Wochenende wäre mir recht."

„Frankie, gib mir keine Anordnungen. Ich mag das nicht. Ich weiß, daß Beth am Wochenende zu ihrer Familie fährt. Oh, hier ist übrigens noch ein anderer Tip. Beth schmiert dich aus. Es gibt da einen Burschen namens Eddie, der..."

„Verdammt noch mal! Eddie ist ihr... Warum, du miserabler Kerl?"

„Na, solche Ausdrücke! Ich glaube, ich muß die Gebühren erhöhen! Ich rufe dich ziemlich bald an. Halte mein Geld schon bereit...", erwiderte Bucky und legte auf.

An diesem Abend stand Frank Edwards am Fenster seiner Wohnung und starrte auf die Straße hinunter.

Bucky saß indessen in seinem Bett und rauchte langsam eine Zigarette. Früher, als er mal für einen Kredithai gearbeitet hatte, hatte sein Chef es so arrangiert, daß das

Opfer in eine Telefonzelle außerhalb der öffentlichen Bibliothek gehen mußte. Bucky hatte auf der anderen Straßenseite in einer anderen Telefonzelle gesessen und beobachtet, was auf der Straße und direkt an der Bibliothek vor sich ging. Sobald der ahnungslose Bursche das Päckchen in der Zelle gegenüber hinterlegte und wieder verschwand, konnte Bucky hingehen und das Zeug unauffällig rausholen.

So was Ähnliches mußte er auch mit Frank Edwards arrangieren. Er würde mit einem Taxi zur Hauptbibliothek fahren und Frank sagen, er solle in einer Stunde in der öffentlichen Telefonzelle am Ende des Bibliotheksgebäudes das Geld unter den Sitz legen. Er selbst würde in die andere Telefonzelle gehen, die gegenüber der Bibliothek lag, und könnte von dort aus beobachten, was Frank täte und wann er sich aus dem Staube machte. Dann wäre es eine Kleinigkeit, hinüberzuschlendern und sich das Geld zu holen. Anschließend würde er ein paarmal die Taxe und die Richtung wechseln und schließlich unangefochten wieder in sein Zimmer zurückgehen können.

Bucky war überzeugt, daß das klappen würde. Falls Frank Edwards widerspenstig sein sollte und versuchte, irgendwelche Tricks anzuwenden, würde er das Ganze abbrechen und später noch mal was anderes versuchen. Er konnte schließlich warten. Er hatte Zeit.

Am nächsten Abend rief Bucky nicht an. Er saß statt dessen in seinem dunklen Zimmer und richtete das Abhörgerät auf die Wohnung von Edwards. Aber er hörte nur

Bruchstücke verschiedener Fernsehsendungen. Lediglich einmal hörte er Beth fragen: „Warum bist du bloß so unruhig heute abend, Frank? Du starrst seit Stunden nur das Telefon an?“

Am Freitag rief Bucky genau um dreiviertel fünf nachmittags an.

Zuerst nahm niemand ab. Schließlich meldete sich Frank um zwanzig Minuten nach sechs. „Ist Beth weg?“ fragte Bucky.

„Ja, verdammter Kerl!“

„Frankie, ich bin bereit, mir meinen Anteil zu holen. Ich rufe später noch mal an und gebe dir Instruktionen. Aber versuch nicht, mich auszutricksen. Es hat doch keinen Zweck. Nur ein Versuch in der Richtung – und ich rufe die Bank an!“

„Okay. Ich mach alles, was Sie sagen. Wann rufen Sie an?“

Bucky grinste. Frank dachte wohl, er hätte es mit einem Amateur zu tun.

„Geben Sie mir bloß einen kleinen Hinweis, wann ungefähr“, fuhr Frank fort. „Ich muß das Geld ja bereitlegen.“

„Na, wie lange dauert es wohl, sechs Tausender in eine Plastiktüte zu stecken, he? Ich rufe entweder heute abend oder morgen oder auch am Sonntag an, gute Nacht, Freund!“

Bucky legte auf, wartete darauf, daß Leute an der Telefonzelle vorbeigingen und gesellte sich zu ihnen.

In seinem Zimmer angekommen, spürte Bucky große Unruhe in sich. Er nahm noch eine Extra-Herztablette und entschloß sich, das Ding heute steigen zu lassen. Er würde Frank um halb acht unten in der Telefonzelle anrufen, dann ein Taxi nehmen und zur Bibliothek fahren und von dort nochmals anrufen. Das Ganze könnte dann bis neun Uhr gelaufen sein, ohne daß er sein Herz zu sehr strapazieren würde.

Um zehn nach sieben, als Bucky von der Telefonzelle an der Straßenecke anrief, war es schon stockdunkel. Edwards nahm bereits beim ersten Läuten ab, und Bucky sagte: „Einst wird kommen der Tag – dies ist er, mein Lieber. Hast du das Geld schon in einen Plastikbeutel gesteckt?"

„Ja. Moment, warten Sie mal einen Augenblick."

„Von mir aus – laß dir nur Zeit", sagte Bucky und warf einen Blick auf seine Armbanduhr. Der Hund versucht herauszukriegen, ob ich von einer öffentlichen Telefonzelle aus anrufe, dachte er und legte auf. Als er nach einer Weile wieder anrief, war Edwards' Nummer besetzt. Verdutzt wandte Bucky sich um und blickte an der Hausfront zu den Fenstern von Edwards' Wohnung empor. Zwar war es dunkel, aber das schwache Licht einer Straßenlaterne genügte, um das Ding dort oben auf der Fensterbank zu erkennen: ein metallisches Glänzen und die Umrisse eines Gegenstands, den er nur zu gut kannte – das gleiche Richtmikrophon, wie auch er es hatte.

Bucky sah Franks roten Haarschopf an der Eingangstür

des Apartmenthauses, sah, wie er zum Spurt ansetzte. Wie von Sinnen stieß Bucky die Tür der Telefonzelle auf und begann zu rennen, nur noch zu rennen. Aber nach ein paar Schritten schon wankte er, stolperte und fiel, mit dem Gesicht vornüber, auf den Asphalt.

Der Diensthabende, ein junger Beamter auf Polizeistreife, blickte von seinem Notizbuch auf die kleine Menschenansammlung, die sich im gleichen Augenblick gebildet hatte, und fragte: „Wer von Ihnen hat gesehen, daß dieser Mann offenbar einen Herzanfall hatte?"

„Ist er denn wirklich tot?" fragte Frank Edwards.

„Er kann nicht toter sein. Haben Sie ihn beobachtet?"

„Nun ja, Herr Wachtmeister, eigentlich schon", erwiderte Frank vorsichtig. „Ich wohne dort drüben und wollte gerade über die Straße gehen, um mir in der kleinen Kneipe ein Bier zu holen. Ich sah, wie dieser Mann aus der Telefonzelle kam. Er fing an, schnell zu gehen, dann zu laufen. Aber er ist mir kaum aufgefallen, bis er hinfiel. Das ist alles."

Kannten Sie ihn? Haben Sie ihn jemals vorher gesehen?" fragte der Polizist.

Frank schüttelte den Kopf. „Nein, Sir. Ich habe ihn nie zuvor gesehen." Die Bestürzung in seiner Stimme war ohne Zweifel echt.

Seriennummer: 12012

„Also, die Fords sind die Schlimmsten", sagte der alte Mann mit zittriger Stimme und schaute den Reporter aus wäßrig-blauen Augen geradezu empört an. „Die halten zusammen, das ist 'ne regelrechte Clique, selbst wenn die über Kentucky und die übrige weite Welt verstreut sind. Die sind alle miteinander verwandt. Ham'ses aber auch genauso aufgeschrieben, junger Mann? Die anderen sind ja auch schlimm, aber die Fords sind einsame Spitze. Was Schlimmeres gibt es nicht!"

Der Reporter nickte und stenografierte eifrig in sein Notizbuch. Dieser alte Knabe war ja ein Original, offenbar war er ziemlich verrückt. Schade, daß dies keine Fernsehübertragung war. Die Krächzstimme des Alten würde sich übers Mikrophon gut anhören.

Der Reporter notierte: *Frank Marer, ein wettergegerbter Veteran mit stechendem Blick, ist ein Verfolgter...* Nein, besser noch: *fühlt sich verfolgt. Und zwar auf äußerst seltsame Weise...*

Frank Marer unterbrach ihn in seinem Gedankenfluß: „Ich weiß noch ganz genau, wie alles anfing, damals, 1913, vermutlich lange, bevor Sie geboren wurden. Da habe ich das Fordmodell ‚T' meines Vaters so richtig getriezt. Da war ich ja noch ein kleiner Bengel, aber ich hatte ein böses Mundwerk. Sind Sie mitgekommen?"

„Worauf Sie sich verlassen können, Mr. Marer. Das ist ja wirklich 'ne tolle Geschichte!"

„Und ganz schön dick aufgetragen, denken Sie wohl", setzte der alte Mann verdrossen hinzu.

„Das zu entscheiden ist nicht meine Sache", entgegnete der Reporter ausweichend. „Ich berichte lediglich Tatsachen. Es kann ja eine Menge guter Gründe für Ihre Vermutung geben. Und wie ging es dann weiter mit dem Modell ‚T', das Sie sich zum… äh… zum Feind gemacht haben? Ich wußte gar nicht" – und hier lächelte er – „daß diese Modelle so empfindlich sind. Mein Großvater hat das gleiche Modell mit Ausdrücken bedacht, die sich kein Maulesel hätte gefallen lassen. Ich erinnere mich genau, daß er ihm sogar mal einen Tritt in den Kühler versetzt hat. Ich kann Ihnen sagen, da flogen die Fetzen, aber das schien den Wagen nicht zu erschüttern. Er lief trotzdem, wenn er Lust dazu hatte."

Er unterbrach sich und errötete, weil er viel zuviel geredet hatte und ein Auto schon genauso personifizierte, wie Marer es tat.

„Das stimmt schon", bestätigte der alte Einsiedler. „So leicht waren sie nicht beleidigt. Wenn sie frisch vom

Fließband kamen, hatten sie überhaupt keinen Stolz. Ganz anders als zum Beispiel etwa ein Rolls-Royce. Aber sehen Sie Mr.... äh..."

„Nelson."

„Mr. Nelson, die meisten Leute mochten ihren Ford. Na schön, sie haben schon mal geschimpft, wenn sie steckenblieben oder wenn an einem kalten Morgen der Motor nicht richtig ansprang oder die Gänge nicht reingingen. Aber das war denn doch mehr wie ein Ehekrach, eine Auseinandersetzung zwischen Mann und Frau. Wenn man sich wirklich liebt, geht so was nicht tief. Aber ich hatte ein böses Mundwerk von vornherein. Vielleicht war es auch so was wie Antipathie auf den ersten Blick. Ich hätte mein Herz eher an einen größeren, besseren Wagen hängen mögen, und das ließ ich dann eben an diesem aus. Fragen Sie mich nicht, was ich im einzelnen gesagt habe. Es ist schon zu lange her. Eins kam zum anderen, und schließlich war irgendeine Beleidigung genau der Tropfen, der das Faß zum Überlaufen brachte. Ich weiß auch noch, wann es war. Es war an einem kalten Wintermorgen, wirklich bitter kalt – nicht wie in Kalifornien. Ich versuchte sie anzukurbeln, und sie sprang nicht an."

„Wieso ‚sie'?"

„Weiß nicht genau. Für mich war es immer eine ‚Sie', nachtragend wie eine Frau. Sie wissen doch, wie verschmähte Frauen reagieren – so jung sind Sie ja auch nicht mehr, denke ich. Aber daran können Sie sich vermutlich doch nicht mehr erinnern, nämlich daran, wie es war, wenn ein ‚T'-Modell angekurbelt wurde und dann losleierte: ärrä, ärrä, ärrä. An diesem Morgen klang mir das richtig höhnisch in den Ohren. Dabei mußte ich zur Arbeit und war schon spät dran. Außerdem war ich völlig durchgefroren." Er machte eine nachdenkliche Pause und spuckte in hohem Bogen aus. Zwei Raben flogen mit klatschendem Flügelschlag über ihren Köpfen dahin. Ihr heiseres Krächzen verlor sich in der Ferne. Noch höher, oben in den Wolken, hörte man das pfeifende Geräusch von den Turbinen der Frachtmaschinen, die in regelmäßigen Abständen in Richtung Los Angeles flogen.

„Der Ton dieses Geleiers", fuhr der Alte fort, „machte mich langsam rasend, und ich fluchte, was das Zeug hielt. Aber nicht nur das – ich holte aus und versetzte ihr mit der Kurbel eine gewaltigen Schlag. Davon bekam sie eine Beule in der Haube, und einer der Scheinwerfer ging auch zu Bruch. Der sprang glatt aus der Fassung durch den Hieb." Er nickte gedankenverloren. „Tja, das war ein bleibender Schönheitsfehler für das Modell ‚T'. Sie sah aus wie ein Partygirl, dem man ein blaues Auge geschlagen hat. Und wenn man erst einmal das Aussehen einer Frau verdorben hat, sollte man sich von Stund an vor ihr hüten... Nach all den anderen Auseinandersetzungen, die wir schon miteinander hatten, war dies der Höhepunkt. Jetzt haßte sie mich wirklich. Und nicht nur sie allein. Sie muß die Geschichte weitergetragen haben. Die Fords sind wie eine große Familie. Hat man auch nur einen von ihnen gekränkt, sind sie gleich alle beleidigt. Von da an waren sie alle miteinander stinksauer auf mich. Und das nur wegen des einen weiblichen Exemplars. Aber damit nicht genug! Bald darauf machten auch andere Automarken mit. Normalerweise können sich zum Beispiel ein Oldsmobil und ein Ford nicht ausstehen, aber in diesem Fall taten sie sich zusammen und betrachteten mich ausnahmslos als ihren persönlichen Feind."

„Und wann fand die... äh... die erste Attacke auf sie statt?"

„Na ja, dies spezielle Modell ‚T' versuchte etwa ein dutzendmal, mich umzubringen, bevor wir sie endlich loswurden. Sobald ich sie ankurbelte – ich wußte ganz sicher, daß sie im Leerlauf stand –, mußte gleichzeitig ein Gang einrasten, jedenfalls konnte ich gerade noch rechtzeitig zur Seite springen, bevor sie auf mich losging. Ich will verdammt sein, aber einmal ist sie mir doch glatt über ein Feld gefolgt und hat gewendet, als ich mit umdrehte. Ihre Boshaftigkeit ist allein dadurch bewiesen, daß sie keinen Versuch machte, mir nachzusetzen, wenn ich etwa über einen Graben sprang. Statt einfach blind weiterzufahren, wie jedes normale Auto das in voller Fahrt gemacht hätte, blieb sie einfach stehen und – wupps – war sie plötzlich wieder im Leerlauf. Sie würde sich doch nicht selbst zu Bruch fahren! Ist das etwa kein Beweis?" fragte der alte Mann herausfordernd. „Kein Wagen, der nicht bis oben voller Haß ist, würde so handeln!"

„Das ist eine Erklärung", stimmte Nelson zu und verzog dabei keine Miene.

„Na schön, schließlich lag ich meinem Vater in den Ohren, er solle den Wagen verkaufen. Danach schafften wir uns ein Oldsmobil an. Und das Ding war genauso schlimm. Die verdammte Karre machte uns keine Freude. Einmal ging sie im Rückwärtsgang auf mich los, als gerade mein Vater am Steuer saß. Pa schwor, daß er den Rückwärtsgang nicht eingelegt hätte. Natürlich glaubte ich ihm. Er war ein sehr guter Fahrer. Klar, daß ich mich danach nicht mehr selbst ans Steuer setzte, dennoch versuchte mich das verdammte Ding durch Rückwärtsfahren, plötzliches Ausscheren oder erhöhtes Tempo fertigzumachen, und selbstverständlich immer ohne Vorwarnung. Ich sei ein Unglücksbringer, pflegte mein Pa zu sagen, weil das Auto außer Kontrolle geriet, sobald ich nur in der Nähe war. Ich versuchte, meinem Vater zu erklären, daß ich mit den Fords auf schlechtem Fuß stand und daß sie deshalb die anderen Wagen gegen mich aufhetzten, aber Pa lachte nur. Meine Mutter glaubte mir in gewisser Weise. Sie haßte sowieso alle Technik und war ganz traurig, daß die Pferde den Motoren hatten weichen müssen. Aber Pa hat ja nie auf sie gehört.

Es wurde so schlimm, daß ich auf der Straße nicht mehr sicher war. Ich sah immer schon im voraus, wie sie zum Sprung ansetzten. Oder finden Sie es normal, daß jemand so oft in Autounfälle verwickelt war wie ich? Sehen Sie sich das mal an!“ Er fummelte eine Handvoll Papiere aus der Hosentasche.

„Im Jahr 1920 bin ich dreimal fast von Autos überfahren

worden, die plötzlich und unvermutet auf den Bürgersteig sprangen. Keiner der Fahrer hatte je zuvor einen Unfall gehabt. Achtmal wurden mir beide Beine gebrochen, fünfmal das Schlüsselbein und meine Rippen so oft, daß ich es schon gar nicht mehr zählen kann. Im Jahre 1932 fuhr ein vollbeladener Laster, der – ohne Fahrer – ganz normal am Bordstein geparkt war, mit fünf Tonnen Kies auf mich los. Sie sollten sich mal die Narben ansehen. Also wissen Sie – wenn das kein Beweis ist!"

„Doch, das ist wirklich eine ungewöhnlich interessante Geschichte. Und was passierte dann?"

„Was glauben Sie wohl? Immer wieder das gleiche, und zwar um so öfter, je mehr Autos es mit der Zeit gab. Busse, Lastwagen, Taxis, sogar mal 'n Traktor, aber der war zu langsam. Alle waren sie hinter mir her. Wie finden Sie das, junger Mann? Zweimal wurde das Haus, in dem ich wohnte, von großen Lastzügen, die von der Straße abkamen, beinahe eingerissen. Das erste Mal hatte ich Glück. Da bekam ich nur ein paar Schrammen ab. Da hatte mich das Bett vor Schlimmerem bewahrt. Aber dann brach ich mir den Knöchel. Von da an hielt ich mich nur noch in kleinen Nebenstraßen auf. Aber wenn Sie glauben, damit wäre das Problem gelöst gewesen... Keineswegs! Jetzt kamen die Motorroller und Jeeps." Er rieb sich eine dünne, weiße Narbe am stoppeligen Kinn. „Das hat 1945 ein Bursche auf 'nem Motorrad verursacht. Der behauptete, die Maschine wäre unter ihm einfach losgefahren. Dabei war ich gute fünfzehn Meter von dieser verdammten Straße weg und suchte Pilze. Wenn der mich voll getroffen hätte, stünde ich jetzt nicht hier. Und als der arme Junge das Getriebe untersuchte, war alles in Ordnung."

„Sie müssen ja ein Vermögen an Versicherungsgeldern eingenommen haben!"

„Na, und wenn schon", erwiderte der alte Mann erbost. „Das stand mir ja schließlich zu, oder? Auch wenn der Fahrer keine Schuld trug, mußte ja jemand meinen Schaden bezahlen und meine Arztrechnungen begleichen. Sollte ich denen etwa erzählen, daß die Autos, vor allem die verdammten Fords, schuld waren? Daß es nicht an mir lag? Wer würde mir geglaubt haben? Nur die Versicherungszahlungen gestatten es mir, mich an einem sicheren Platz wie diesem aufzuhalten."

Er machte mit der gichtigen Hand eine ausladende Bewegung. Von der Bank vor der hochgelegenen Berghütte konnten sie weit über das kalifornische Hügelland blicken, dessen Wiesenhänge vom trockenen Sommer schon fast gelb geworden waren. Keine Menschenseele weit und breit, nur ein paar weiß-braun gefleckte Kühe in der Ferne.

„Eine Zeitlang wollte mich keine Versicherung mehr haben. Sie versuchten mir zu beweisen, daß ich die Unfälle absichtlich herbeigeführt hätte. Aber die meisten Fahrer waren ehrliche Leute, und außerdem gab es auch immer Zeugen. Die Fahrer sagten immer wieder das gleiche: Sie könnten sich nicht erklären, wieso ihr Wagen außer

Kontrolle geraten sei. Aber nachdem sie so in den fünfziger Jahren anfingen, die Wagen mit den großen Motorhauben zu bauen, die aussahen wie Riesenmäuler... Über was lachen Sie denn, Sie junger Besserwisser? Glauben Sie mir etwa nicht?"

„Entschuldigen Sie", sagte Nelson zerknirscht. „Ich habe nicht über das gelacht, was Sie sagten. Es erinnerte mich nur an eine Witzzeichnung, die ich mal gesehen habe. Bitte fahren Sie fort, Mr. Marer. Das ist wirklich eine tolle Geschichte, wirklich – sehr faszinierend. Das wird die Leser interessieren, glauben Sie mir!" fügte der Reporter hastig hinzu.

Der alte Mann warf ihm einen mißtrauischen Seitenblick zu. „Ich erzähle Ihnen die heilige Wahrheit, Sie erfahren haargenau, wie es passiert ist. Mit meinem Erinnerungsvermögen ist nämlich noch alles in Ordnung. Ich kann Ihnen noch jetzt die Seriennummer des T-Modells sagen, mit dem der ganze Schlamassel angefangen hat. Dabei war dieser Wagen schon verschrottet, als Sie noch gar nicht auf der Welt waren." Er legte eine kleine Pause ein, dann sagte er triumphierend: „1-2-0-1-2! Eigentlich einfach zu merken."

„Einer der allerersten Wagen, na schön. Aber was diese neuen Kühler anbelangt, Sie sagten doch..."

„Ja, das will ich Ihnen gerade erzählen. Sie meinen wohl, ich hätte mich besser von ihnen ferngehalten. Aber diese Wagen sahen jetzt so völlig anders aus. Sie schienen nicht von derselben Sorte zu sein. Die hatten doch keinen

Grund, mich nicht zu mögen. Außerdem war ja das Modell ‚T' schon seit dreißig Jahren oder länger verrostet. Nachdem ich Jahrzehnte im Hinterland geblieben war, hoffte ich nun, daß die Fords mich vergessen hätten." Er starrte in den Himmel hinauf und schien sein Elend zu genießen. „Die verdammte Motorhaube schnappte zu wie ein Haifischgebiß. Dabei wollte ich bloß einen Blick auf den Motor werfen. Ich hatte seit 1929 keinen mehr so aus der Nähe gesehen. Mein Glück, daß ich eine gefütterte Jacke anhatte! Aber seitdem ist mein Rücken nicht mehr in Ordnung."

„Und wie ist es mit ausländischen Automodellen? Sie hätten ja im Ausland leben können."

„Das glauben Sie! Lehren Sie mal den Teufel, zu beten! Ich nahm fünftausend Dollar Versicherungsgelder vom letzten Motorrollerunfall und ging für ein Jahr nach Europa. Aber zum einen gibt's da 'ne Menge amerikanischer Wagen, die hier vom Band gelaufen waren und ihre Ausstattung in einer anderen Fabrik erhalten hatten. Und dann gab es die, die in Europa hergestellt wurden, die britischen Fords zum Beispiel. Und genau die fingen damit an. Die haben ein System, kann ich Ihnen sagen – wie die Mafia! Die halten eben zusammen. Ich wurde von MGs, von Jaguars, von Dauphins und von Volkswagen gejagt. Na schön – ich hätte ebensogut in Äthiopien oder Libyen wohnen können, wo es seinerzeit noch wenig Autos gab, aber das wäre auch keine Lösung auf Dauer gewesen." Er schüttelte mißbilligend den Kopf. „Außerdem zahlen die Versicherungen in Europa gar nicht gut."

„Ja", meinte der Reporter und steckte sein Notizbuch in die Tasche. „Nun haben Sie aber die Lösung gefunden, wie ich sehe. Hier kommt nicht mal ein Armee-Jeep rauf. Und wie steht es mit Ihren Vorräten, wie besorgen Sie sich das Notwendige?"

„Mit Maultieren, den Pfad herauf. Der Weg ist ja nicht schlecht. Nur mit Fahrzeugen kommt man nicht weiter."

„Und wie lange leben Sie schon hier oben?"

„Acht Jahre. Ich bin jetzt fast siebzig. Da unten könnte ich mich vor den neuen Automodellen gar nicht mehr schnell genug in Sicherheit bringen. Die aus den fünfziger Jahren waren schon schlimm genug. Aber mit den neuen Wagen will ich mich gar nicht erst anlegen, speziell nicht mit den Fords."

„Hier sind Sie sicher. Hier kommt nicht mal ein Geländewagen rauf. Mir scheint, Sie haben jetzt doch gewonnen."

„Wer weiß? Die Fords geben nicht so ohne weiteres auf. Die geben nicht eher Ruhe, bis ich tot bin. Ich habe mal 'nen Ford beleidigt, und ein Ford wird mich auch umbringen. Aber es wird wenigstens kein Modell ‚T' sein. Heutzutage gibt's davon wohl nicht mehr sehr viele. Würden Sie mir bitte eine Kopie von dem Artikel schikken? Oder auch 'n paar?"

„Aber gerne", versprach Nelson und wußte gleichzeitig, daß er das auf keinen Fall tun würde. Er wollte den alten Mann nicht kränken. Denn der würde gewiß nicht mit dem einverstanden sein, was er in dem Artikel lesen würde. Der erwartete ganz bestimmt eine andere Auslegung seiner Geschichte. Dabei hatte er einwandfrei Verfolgungswahn, ganz typisch, aber was für eine Phantasie dabei!

„Gut, wenn Sie mich jetzt noch ein paar Bilder machen lassen?“ Nelson ging zu seiner Fototasche, die er mit heraufgeschleppt hatte, und nahm seine Kamera heraus. „Zuerst dort auf der Bank, bitte!“

Der alte Mann nahm Platz, steif aufgerichtet und mit ernstem Gesichtsausdruck. Der Reporter knipste ein paarmal mit der Sicherheit eines Mannes, der an der Qualität seiner Aufnahmen nie einen Zweifel hegt.

„Und jetzt eines mit drohend erhobener Faust, als ob Sie das Modell ‚T‘ verfluchen würden.“

Marer blickte zweifelnd drein. „Das wird aber ’ne blöde Aufnahme“, wandte er ein. „Ich finde, daß ist keine so gute Idee... Schließlich handelt es sich um eine ernste Angelegenheit.“

„Also kommen Sie“, drängte Nelson. „Sie wollen doch, daß die Leute Ihre Geschichte erfahren, oder? Sonst denken die doch, Sie sind ein geschickter Versicherungsschwindler oder ein bißchen... na... verstehen Sie, was ich meine? Sehen Sie, wenn das Foto vielleicht auch ein klein wenig unfair ist, aber das veranlaßt die Leute bestimmt, Ihre Geschichte auch wirklich zu lesen. Und das wollen Sie doch?“

„Na gut“, sagte Marer zögernd. „Wo soll ich mich denn

hinstellen?"

„Dort drüben, direkt in die Lichtung. Gut! Und nun ballen Sie die Faust und recken Sie sie zum Himmel hinauf, wie ein zorniger Prophet. Noch stärker. Ja, genau so! Bleiben Sie so stehen."

Gerade, als der Reporter sich im Geiste die Bildunterschrift vorstellte – „Der Fluch auf das Schicksalsmodell ‚T'" –, gab es ein pfeifendes, hartes Geräusch. Eine Luftdruckwelle riß ihn zu Boden. Als er nach einiger Zeit wieder zu sich kam und seinen zerschrammten Körper abtastete, sah er, daß dort, wo der alte Mann gestanden hatte, ein Haufen Trümmer herumlagen, Holz und Metall, manche davon blutverschmiert.

Verstört wie er war, brauchte er einige Zeit, um deren Ursprung auszumachen. Das Holz stammte von einer großen Kiste, während die verbogenen Räder, der zerschmetterte Kühler und die Einzelteile eines Motors wohl deren Inhalt gewesen sein mochten. Jedes Teil war mit dem berühmten schwarzen Lack überzogen. Später erfuhr der Reporter, daß der nachgebaute Oldtimer, ein Modell ‚T', als Luftfracht nach Los Angeles unterwegs gewesen und an dieser Stelle aus irgendwelchen mysteriösen Gründen aus der Ladeluke gerutscht war.

Was Nelson jedoch am meisten aus der Fassung brachte, das war die Seriennummer des Wagens: 12012.

Die Frist ist abgelaufen

Leutnant Dave Lefkowitz von der Mordkommission Boston meldete ein Gespräch mit Voranmeldung nach New York an. „Ich möchte Jordan Bennett sprechen", sagte er. „Er ist Anwalt und hat sein Büro irgendwo in der Stadt, aber die Nummer ist mir nicht geläufig, können Sie mir die bitte schnell raussuchen? Es ist dringend!"

Den Hörer ans Ohr gepreßt, wandte er sich seinem Untergebenen, Sergeant Ross, zu: „Ich will Bennett vor allen Dingen von dieser Sache verständigen. Ich habe Ihnen doch schon von Bennett erzählt, erinnern Sie sich? Ich lernte ihn in New York kennen, als er die Strafsache Giardello hatte, er war der Verteidiger. Ein netter Kerl, der Bennett."

Lefkowitz lehnte sich behaglich in seinen Stuhl zurück und lächelte – was er selten tat – und wartete.

In der New Yorker Fernmeldezentrale hatte Laura Shields den Anruf entgegengenommen, eine hübsche Blondine, fast schön zu nennen. Beruflich machte sie von dieser Tatsache jedoch keinen Gebrauch. Sie war eine tüchtige Telefonistin. Also begann sie sogleich, nachdem der Anruf sie erreicht hatte, voller Eifer nach Jordan Bennetts Telefonnummer zu suchen. Eilig fuhr sie mit dem Zeigefinger die Seite des Telefonregisters entlang.

In San Francisco meldete Leutnant William Wheeland von der Marine-Reserve-Truppe ein Gespräch mit Voranmeldung nach New York an. „Ich hätte gerne Miss Laura Shields gesprochen", sagte er. „Allerdings weiß ich nur ihre Privatnummer, doch müßte sie eigentlich gerade jetzt im Dienst sein. Sie ist Telefonistin bei Ihnen. Würden Sie so nett sein, mich schnell mit ihr zu verbinden? Dieser Anruf ist lebenswichtig!"

Wheeland befand sich in einer öffentlichen Telefonzelle. Niemand war da, mit dem er während des Wartens hätte reden können, so pfiff er vor sich hin und trommelte mit den Fingern gegen die Glastür. Er war ein gutaussehender junger Mann – und auch er lächelte.

In der New Yorker Fernmeldezentrale erreichte dieser Anruf Dotty Myers. Dotty war ein farbloses Mädchen, eine Dreißigerin ohne Sex-Appeal. Jetzt wurde ihr etwas ausdrucksloses Gesicht plötzlich lebendig. Sie saß ungefähr zwei Meter von Laura Shields entfernt.

„Laura!" rief sie. „Hier ist ein Anruf aus Frisco für dich!"

Gerade in dem Moment hatte Laura Shields Jordan

Bennetts Telefonnummer ausfindig gemacht. Jetzt verwandelte das Zauberwort „Frisco“ sie von einer tüchtigen Telefonistin in eine liebeskranke junge Frau. Dennoch besaß sie noch genügend Disziplin, um die Kollegin in Boston zu bitten: „Würden Sie vielleicht einen kleinen Moment in der Leitung bleiben?“

Dann rief sie mit bebender Stimme zu Dotty Myers hinüber: „Dotty, würdest du mich bitte jetzt verbinden?“

Es dauerte wirklich nur ein paar Sekunden, bis die Telefonistin in San Francisco die Verbindung hergestellt hatte, aber Laura schienen es Ewigkeiten zu sein. Und schließlich hörte sie die Stimme des Leutnants William Wheeland über einen ganzen Kontinent hinweg.

„Laura, bist du's?“

„Ja, ich bin's, Bill!“

„Mein Schiff hat hier gerade angelegt.“

„Oh, das ist ja toll!“

„Liebst du mich noch?“

„Ja, natürlich, und du?“

„Darauf kannst du wetten, daß ich dich liebe!“

„Na schön, dann sag's auch!“

„Ich liebe dich, und ich möchte dich jetzt schon heiraten statt erst im Dezember.“

„Oh, Bill...“

„Also, was hältst du davon? Willst du mich nächste Woche heiraten?“

Es entstand eine lange Pause, in welcher Lauras ganze Zukunft sich sozusagen in der Schwebe befand. „O ja,

Bill, ja!"
„Willst du dann herüberkommen, um mich zu heiraten?"
„Ja... ja... wann denn?"
„Ich habe schon alles geplant. Ich muß drei bis vier Tage Dienst an Bord machen. Ich weiß, daß du nicht gerne fliegst. Aber du hast ja genug Zeit, um mit der Bahn zu fahren. Und dann habe ich ein paar Wochen frei, mein Schatz. Frisco ist eine großartige Stadt für Flitterwochen. Wie findest du das?"
„Oh, wundervoll, Bill!"
„Also kommst du?"
„Natürlich!"
„Ich bestelle dir ein Zimmer im Hotel *Mark* und hole dich dort ab, okay?"
„Okay!"
„Kannst du heute noch losfahren?"
„Ja, ich glaube schon, daß ich das hier im Amt regeln kann..."
„Dann sehe ich dich also im Hotel *Mark*, sagen wir Sonnabend?"
„Also gut – Sonnabend."
„Ich liebe dich."
„Ich liebe dich auch, Bill."
„Ich muß jetzt flitzen. Also dann bis Sonnabend, tschüs!"
„Tschüs..."
Als die Unterhaltung zu Ende war, zitterte Laura Shields noch stärker als zuvor. Sie mußte unter allen

Umständen Urlaub bekommen. Eigentlich hatte sie noch zwei Stunden Dienst, aber sie wußte, daß sie die nicht mehr durchhalten würde.

„Peg“, sagte sie zu Peggy Thomas, dem mageren Mädchen am Nachbarplatz, „übernimmst du das bitte für mich? Auf meiner Leitung ist immer noch ein Anruf aus Boston.“

Leutnant Lefkowitz in Boston wurde mittlerweile langsam ungeduldig. Er hatte noch gehört, daß die Dame vom Amt Boston die Nummer des Rechtsanwalts Jordan Bennett wiederholt hatte. Dann war Stille in der Leitung. Wieder wandte er sich Sergeant Ross zu.

„Ich weiß nicht, was mit den jungen Dingern heutzutage los ist“, sagte er. „Die scheinen ein miserables Erinnerungsvermögen zu haben.“

In seinem New Yorker Büro stand Jordan Bennett vor einem offenen Koffer und starrte geistesabwesend ins Leere. Bennett war noch jung, keine dreißig Jahre alt, von mittlerer Größe, doch keineswegs untersetzt, mit einem hübschen Gesicht und braunem, leicht gewelltem Haar. Der Koffer, den er da anstarrte, war bereits gepackt. Oben auf dem Hemdenstapel lag ein Revolver, ein 38er Automatik.

Er stand etwa eine Minute so herum, dann blickte er rasch auf seine Armbanduhr. Mit einer energischen Bewegung schloß er den Koffer, zog die Riemen an, packte ihn am Griff und ging zur Tür hinaus, die hinter ihm zuschlug.

Nach etwa drei Schritten läutete das Telefon. Er blieb stehen, das Telefon läutete weiter. Jordan Bennett tat wiederum einen Blick auf seine Armbanduhr und traf eine weitere Entscheidung. Er ging den Flur entlang zum Aufzug. Immer noch läutete hinter ihm das Telefon.

Laura Shields brachte es fertig, gerade noch in den Zug zu springen, bevor dieser anfuhr. Die Fahrkarte löste sie beim Zugschaffner, der noch ein Einzelabteil für sie ausfindig machte. Nachdem sie endlich allein war, lehnte sie sich erleichtert zurück, aber immer noch atmete sie heftig, immer noch durchlief sie die Aufregung wie ein Zittern von Kopf bis Fuß.

Sie würde heiraten! Sie hatte bis jetzt noch keine Aussteuer, die Feier würde nur sehr kurz sein und an einem fremden Ort stattfinden. Weder Freunde noch Verwandte würden dabeisein. Es würde keinen Empfang geben, vielleicht nicht einmal Blumen. Nichts würde so sein, wie sie es sich so oft erträumt hatte.

Dennoch würde alles gut und richtig sein, sagte sie sich. Bill würde ja dasein, Bill, der Mann, den sie heiraten wollte. Bill war nun mal bei der Marine, und in der Marine konnte man eben das Woher und Wohin nicht selbst bestimmen.

Sie hatte nicht einmal mehr Zeit gehabt, sich ein Buch oder eine Illustrierte als Reiselektüre zu kaufen. So saß sie nur da und schaute zum Fenster hinaus, während der Zug seinen Weg westwärts nahm. Aber auch dieser Zeitvertreib war nur von kurzer Dauer. Eine halbe Stunde nach der Abfahrt von New York begann es dunkel zu werden.

Sie wartete, bis der Zugkellner zum letztenmal aufgerufen hatte, dann machte sie sich auf den Weg in den Speisewagen zum Abendessen. Sie tat es eigentlich mehr, um die Zeit herumzubringen. In Wirklichkeit hatte sie nicht den geringsten Hunger.

Und dort im Speisewagen wurde sie zum erstenmal auf die beiden Männer aufmerksam. Nicht, daß sie sie bewußt beobachtet hätte. Dazu war sie viel zu sehr mit den eigenen Gedanken beschäftigt, weit voraus in Frisco, wo sie Bill treffen würde. Es war vielmehr die seltsame Art, wie die beiden Männer sich benahmen oder genauer, das seltsame Benehmen des einen von ihnen, welches allmählich in ihr Bewußtsein drang, so daß sie schließlich darauf aufmerksam wurde.

Zuerst bemerkte sie, daß der eine der beiden Männer sie unentwegt anblickte. Er saß zwei Tische weiter, das Gesicht ihr zugewandt. Zwar aß er, aber mit den Gedanken schien er ganz woanders zu sein. Die Situation wurde ihr zunehmend unangenehmer, bis sie letzten Endes feststellte, daß er nicht eigentlich sie ansah, sondern eher über sie hinwegsah, sozusagen über ihre Schultern hinweg jemand anders anblickte. Sie konnte sich nicht helfen, aber sie wurde außerordentlich neugierig, was oder wer denn wohl diesen Mann so faszinieren mochte. Als sie es schließlich fertigbrachte, sich unauffällig umzudrehen und nach hinten zu schauen, stellte sie fest, daß das Ziel dieses unentwegten Starrens ein anderer Mann war, der ganz offensichtlich dasselbe tat – er starrte in die umgekehrte Richtung. Gelegentlich wandte er den Blick ein wenig schuldbewußt zur Seite und schaute zur Abwechslung auch einmal zum Fenster hinaus. Keiner der beiden Männer schien sich auch nur im geringsten ihrer Gegenwart inmitten ihres Blickwechsels bewußt zu sein.

Sie fand dies alles einigermaßen verblüffend. Es lenkte ihre Gedanken von ihrem sehnsüchtigen Vorwärtsstreben nach San Francisco ein wenig ab. Doch nach dem Abendessen vergaß sie den Vorfall sofort, bis sie, zwei Stunden später, den beiden Männern wieder in der Zugbar begegnete. Sie saßen genau an den entgegengesetzten Enden des Wagens. Der eine schien in seine Illustrierte, der andere in ein Rätselmagazin vertieft zu sein, doch ab und zu blickten sie auf, als wollten sie sich vergewissern, daß der andere noch da sei.

Schließlich überließ sie die beiden ihrem seltsamen wechselseitigen Spiel und ging zu Bett. Aber während sie in ihrem Abteil schlaflos ins Dunkel starrte, stellte sie fest, daß die beiden Männer sich in ihre Gedanken eingeschlichen und Bill Wheeland fast daraus verdrängt hatten.

Schließlich fiel sie aus purer nervöser Erschöpfung doch noch in Schlaf.

Als sie erwachte, fuhr der Zug gerade durch den Staat Indiana. Sie kleidete sich an und verließ ihr Abteil.

Draußen auf dem Korridor traf sie die beiden Männer zum dritten Mal. Sie ging in Richtung des Zugendes, als plötzlich der eine, der Schmächtigere von beiden, am entgegengesetzten Ende des Korridors erschien und auf sie zuging. Er beachtete sie kaum, drängte sich in dem engen Gang an ihr vorbei und verschwand im nächsten Wagen. Kurz darauf erschien der andere Mann mit sehr schnellen Schritten, auch er drückte sich, eine Entschuldigung murmelnd, an ihr vorbei. Offensichtlich verfolgte er den ersten Mann.

Beim Frühstück konnte sie die beiden kaum aus ihren Gedanken verdrängen. Offenbar kannten sich die beiden Männer, dennoch schienen sie nicht etwa gemeinsam zu reisen. Keiner von ihnen schien vor dem anderen davonrennen zu wollen, dennoch waren sie hintereinander her. Erst war sie nur neugierig gewesen, aber jetzt machte sie sich ernsthafte Gedanken. In gewisser Weise war sie besorgt. Vielleicht war einer von ihnen, möglicherweise der Verfolger, kriminell? Aber es konnte auch genausogut umgekehrt sein. Sie überlegte, ob sie wohl verpflichtet sei, ihre Beobachtungen dem Zugschaffner mitzuteilen.

Aber das tat sie dann doch nicht. Schließlich ging sie das alles nichts an, sagte sie sich. Und letzten Endes war es auch möglich, daß es sich hier um ein lächerliches Mißverständnis handelte. Der Zug fuhr in Chicago ein, und sie machte sich einen Spaß daraus, die Reisenden beim Ein- und Aussteigen zu beobachten, zuzusehen, wie Wagen abgehängt wurden, wie andere Züge hielten und weiterfuhren. Nirgendwo entdeckte sie diesmal die beiden Männer. Vielleicht, dachte sie hoffnungsvoll, sind sie hier in Chicago ausgestiegen.

Auch später, als der Zug durch die Weite der Landschaft fuhr, sah sie keinen von beiden mehr. Das Mittagessen verlief ereignislos. Danach zog sie sich in ihr Abteil zurück. Die ganze Aufregung, Bills Anruf, ihr plötzlicher Aufbruch, ihre bevorstehende Heirat und damit ein ganz neues Leben – all das zeigte plötzlich seine Wirkung. Sie hatte Kopfschmerzen und wollte einen Nachmittagsschlaf halten.

Sie schlief sofort ein, aber um fünf Uhr nachmittags war sie wieder hellwach, und die Kopfschmerzen hatten sich verschlimmert. Zwar hatte sie Aspirin in der Handtasche, aber vielleicht würde auch ein Drink helfen – einerseits gegen die Kopfschmerzen, andererseits als Vorübung für den Hochzeitschampagner. Vielleicht fand sich auch jemand, mit dem man ein wenig plaudern konnte. Die Zeit ging viel zu langsam vorbei. Sie war fast schon soweit, Bill zuzustimmen, der stets behauptete, daß Fliegen die beste Art zu reisen sei. Sie frischte ihr Make-up auf und verließ ihr enges Abteil, um ein wenig Abwechslung zu suchen, eine Unterbrechung, etwas, was sie auf andere Gedanken brachte.

Im Salonwagen ging sie den schmalen Gang zwischen den Tischen entlang und versuchte dabei, sich den richtigen Gesprächspartner auszusuchen, ohne aber den Eindruck zu erwecken, sie sei auf Männerfang. Und dann geschah gleich zweierlei auf einmal. Sie sah einen der beiden Männer, den Schmächtigen, der vor dem anderen davongerannt war. Sein Anblick erschreckte sie, denn irgendwie hatte sie ihn in Gedanken schon als Opfer einer Menschenjagd gesehen, ausgeraubt, vielleicht sogar ermordet. Zumindest hatte sie angenommen, daß er in Chicago ausgestiegen sei. Als zweites legte sich der Zug gerade in diesem Augenblick weit in eine Kurve. Sie hätte flache Absätze tragen sollen. Statt dessen trug sie Stöckelschuhe und geriet so vollständig aus dem Gleichgewicht, wankte, fiel und hätte sich fast auf dem Schoß gerade dieses Mannes wiedergefunden.

Gottlob war der Mann geistesgegenwärtig genug, dies vorauszusehen und sie aufzufangen. Er war aufgesprungen, hatte sie an beiden Armen ergriffen und so lange festgehalten, bis der Zug wieder auf der Geraden fuhr. Das einzige, was statt dessen umkippte, war sein Drink. Das Glas fiel um und ergoß seinen Inhalt über den Tisch. Dann rollte es – leer – von einem Tischende zum anderen, ohne jedoch vollends herunterzufallen.

Aber den Mann kümmerte das gar nicht. Seine ganze Aufmerksamkeit galt ihr. „Haben Sie sich weh getan?“ fragte er.

„Ich bin ganz in Ordnung“, erwiderte sie, „aber ich habe Ihren Drink verschüttet.“

„Machen Sie sich deshalb keine Gedanken, viel wichtiger sind Sie. Fühlen Sie sich wirklich gut? Sie sehen nämlich ganz blaß aus.“

Sie mußte zugeben – wenn auch nicht vor ihm –, daß sie sich tatsächlich ein wenig unsicher auf den Beinen fühlte. Und wenn sie blaß aussah, dann war höchstwahrscheinlich sein plötzliches Auftauchen daran schuld.

„Nehmen Sie doch einen Augenblick hier Platz, wenn Sie wollen."

Sie wußte nicht, warum sie eigentlich seiner Aufforderung nachkam. Der Mann beharrte nicht einmal darauf, er verhielt sich nur einfach freundlich. Für die übrigen Leute mochte es möglicherweise aussehen, als hätte sie es mit Absicht so arrangiert, um jemanden anzupeilen. Aber sie fühlte sich wirklich nicht wohl und wollte nichts lieber, als aus dem Blickpunkt des Interesses heraus sein, den Zwischengang verlassen und sich hinsetzen.

Der Mann rückte ihr den Stuhl zurecht, in welchem er bis dahin gesessen hatte, und nahm ihr gegenüber auf der anderen Tischseite auf einem zweiten Stuhl Platz. Der Kellner erschien und wischte die verschüttete Flüssigkeit auf. Sie hörte sich selbst sagen, daß sie gerne einen Drink hätte, einen Bourbon mit Soda. Ihr Gastgeber bestellte das gleiche, nur mit Leitungswasser.

„Es ist immer wieder schwierig", sagte er „im fahrenden Zug zu gehen, ohne zu schwanken oder umzufallen. Vielleicht schaffen Seeleute das besser, die sind das gewohnt."

Das war für sie das Stichwort, von Bill zu erzählen. Damit wollte sie von vornherein jedes Mißverständnis ausräumen. Der Mann sollte nicht denken, daß sie vielleicht absichtlich gestolpert sei.

„Ah ja“, sagte er, „ich habe Ihren Ring schon bemerkt.“

Sie nahm seine Worte mit Erleichterung auf. So konnte er zumindest nicht annehmen, daß sie es auf ihn abgesehen hätte.

Sie stellten sich vor, während sie die Gläser hoben. Er hieß Jordan Bennett und war auf dem Weg nach Los Angeles.

„Auf dem Heimweg?“ fragte sie.

„Nein“, erwiderte er gleichmütig. „Auf Geschäftsreise.“

In dem Augenblick fiel ihr der andere Mann wieder ein. Sie lehnte sich zurück und blickte verstohlen um sich. Hielt sich der andere vielleicht irgendwo hier im gleichen Wagen auf? Aber sie konnte ihn nicht entdecken.

„Sind Sie verheiratet?“ fragte sie.

„Ich hatte noch nicht das Glück“, entgegnete er lächelnd.

Sie überlegte, was Bill wohl dazu sagen würde, daß sie hier mit einem fremden, noch dazu unverheirateten Mann beim Drink saß. Es wäre ihr lieber gewesen, wenn er verheiratet wäre.

Sie bestand darauf, die beiden Drinks zu bezahlen, um den, der durch ihr Verschulden verschüttet worden war, wieder zu ersetzen. Darüber entbrannte ein kleiner Streit, der dazu führte, daß er sie – mit einiger Dringlichkeit – zum Abendessen einlud. Sie war selbst ganz überrascht, daß sie einwilligte.

Jordan Bennett war ein liebenswürdiger Mann, und er war es auf eine unaufdringliche Art und Weise. Seine guten Umgangsformen wirkten völlig selbstverständlich. Er schien ein guter Unterhalter und vor allem ein guter Zuhörer zu sein. Die Unterhaltung mit ihm geriet keinen Augenblick ins Stocken. Außerdem sah er gut aus, auch wenn er kein Aufheben davon machte. Sein braunes Haar war leicht gewellt, sein Gesicht schmal. Er war gut angezogen. Als er die Speisekarte durchlas, setzte er eine dunkle Hornbrille auf.

„Als Sie das Kreuzworträtsel lösten, trugen Sie keine Brille", bemerkte sie, ohne weiter darüber nachzudenken, was sie da sagte.

Im ersten Augenblick wirkte er verblüfft, dann schien er sich zu erinnern. „Ach, Sie meinen heute morgen, im Salonwagen?" fragte er.

Sie errötete ein wenig, aber es blieb ihr nichts übrig, als die Wahrheit zu sagen. „Ja", bestätigte sie.

„Ich bin überaus geschmeichelt."

Er war die ganze Zeit über so nett gewesen, daß sie sich entschloß, weiter nachzuforschen. „Ich muß gestehen", sagte sie, „daß ich Sie und den anderen Herrn beobachtet habe."

„Den anderen Herrn?" wiederholte er fragend.

„Sie wissen doch, wen ich meine, Mr. Bennett. Er ist vielleicht ein wenig größer und breiter als Sie. Aber er sieht völlig anders aus, irgendwie unscheinbar, mit einem ein wenig grimmigen Gesichtsausdruck, vorgeschobenem Unterkiefer, die braunen Haare sehr kurz geschnitten ..."

„Sie sind eine wirklich gute Bobachterin!"

„Ich hatte nichts anderes zu tun."

„Was haben Sie sonst noch festgestellt, Miss Shields?"

„Ich fand, daß Sie sich recht... merkwürdig verhielten."

In seinen Augen erschien bei diesen Worten ein Lächeln, aber seine Grundstimmung war dennoch ernst. „Ja", bestätigte er, „ich glaube, daß es wirklich recht merkwürdig ausgesehen haben muß."

„Sie kennen sich also?"

„O ja, natürlich, und zwar recht gut."

„Warum sitzen Sie dann in verschiedenen Ecken und sprechen nicht miteinander? Warum jagen Sie einander den Zug rauf und runter hinterher?"

„Wie meinen Sie das?"

„Ich sah doch, wie er Ihnen folgte. Und nicht nur das, Sie liefen regelrecht davon und haben mich dabei fast über den Haufen gerannt. Ich wußte zwar nicht, was da vor sich ging, aber es sah aus, als wäre er hinter Ihnen her gewesen."

In Jordan Bennetts grauen Augen spiegelte sich Unruhe. Sie konnte es genau erkennen. Die neckende Art, in der er sie so beiläufig befragt hatte, war wohl nur eine Maske gewesen, nur vorgetäuscht. „Miss Shields", sagte er schließlich, „es ist wirklich nicht einfach zu erklären, warum wir hintereinander her sind."

„Heißt das, daß ich lieber den Mund halten und mich nicht um Dinge kümmern soll, die mich nichts angehen? Dann will ich Ihnen den Gefallen tun und aufhören zu fragen."

Plötzlich änderte sich sein Verhalten. Über den Tisch hinweg blickte er sie forschend an. Seine grauen Augen schienen ihr Gesicht eine ganze Weile zu prüfen. „Sie brauchen gar nicht aufzuhören, Fragen zu stellen“, sagte er schließlich. „Ich glaube viel eher, ich möchte sogar die ganze Geschichte erzählen.“

Dennoch wartete er, bis sie ihre Mahlzeit beendet und wieder im Salonwagen Platz genommen hatten. Er bot ihr eine Zigarette an, die sie ablehnte. Er zündete sich eine an und begann zu erzählen.

„Ich bin Rechtsanwalt, aber ich nehme an, daß Sie von einem Jordan Bennett, Strafverteidiger, noch nichts gehört haben?“

„Nein, ich glaube nicht.“

„Das dachte ich mir. So berühmt, wie ich einmal gehofft habe, zu werden, bin ich also doch nicht.“

„Gehofft haben? Sie sprechen von der Vergangenheit?“

„So ist es, ich habe die Juristerei an den Nagel gehängt. Und Sie mögen es glauben oder nicht, ich tat es nicht etwa, weil ich meinen ersten wirklich großen Fall verloren hätte, ich tat es vielmehr, weil ich ihn gewann.“

„Sie sind also ausgeschieden, weil Sie einen offenbar aufsehenerregenden Prozeß gewonnen haben?“

„So ist es. Ich gewann ihn, und jetzt wünsche ich inständig, ich hätte ihn nicht gewonnen.“

„Aber sagen Sie...“

„Ich erzähle es Ihnen, Laura. Ich habe ein dringendes Bedürfnis, mir das alles von der Seele zu reden, jemandem, der intelligent genug und vielleicht auch ein wenig mitfühlend ist, all das zu erzählen, was geschah. Deswegen sind Sie diejenige, auf die ich ein wenig von meiner Last abladen möchte. Nun, ich nehme an, Sie kennen die Bedingungen, unter denen ein Gerichtshof einen Pflichtanwalt als Strafverteidiger für einen Angeklagten bestellt, wenn der Betreffende keinen eigenen Anwalt hat?"

„Ungefähr, ich habe davon schon gehört."

„Nun ja, ich wurde als Pflichtverteidiger für einen Mann bestellt, der des Mordes angeklagt war und dem unterstellt wurde, daß er wahnsinnig sei."

Er unterbrach sich und drückte seine Zigarette im Aschenbecher aus. Laura Shields betrachtete ihn schweigend.

„Wir wollen diesen Mann einmal Paul nennen, wenn Sie nichts dagegen haben", fuhr Bennett fort. „Wenn ich den tatsächlichen Namen angäbe, könnten Sie sich möglicherweise an den Fall erinnern. Mordprozesse wie dieser gehen ja immer durch die gesamte Presse. Nun ja, die Sache war relativ einfach. Paul stritt das Verbrechen ab. Die Tatsache, daß er nicht vorbestraft war, sprach zu seinen Gunsten. Gegen ihn sprach, daß er ganz in der Nähe des Schauplatzes des Verbrechens aufgegriffen worden war, gerade eben ein paar Minuten, nachdem der Mord geschehen war. Und er hatte kein Alibi. Das Mädchen war stranguliert worden. Es gab keine Waffe, keine Fingerabdrücke, nichts dergleichen, nur Verdachtsmomente. Verstehen Sie, was ich meine?"

„Ich denke schon..."

„Und dann war da noch etwas, was gegen Paul sprach, etwas, das nicht direkt greifbar, aber dennoch sehr wichtig war. Ich meine die gefühlsmäßigen Reaktionen, die diese Art von Verbrechen für gewöhnlich auslösen. In diesem besonderen Fall war die Empörung der Bevölkerung so groß, daß es direkt Mühe machte, Geschworene für den Prozeß aufzutreiben. Die Leute waren zu voreingenommen, es wäre leichter gewesen, eine Menschenmenge zum Lynchen aufzuwiegeln."

Er tat einen tiefen Zug an seiner Zigarette, so daß deren Ende noch intensiver glühte, und blies nachdenklich den Rauch in die Luft.

„Ich sprach viele Mal mit Paul, und jedesmal erzählte er mir das gleiche, ohne daß er sich je widersprach oder in einer Lüge verfing. Er war ein recht sympathischer Bursche, kam aus guter Familie und hatte einen angesehenen Verwaltungsposten. Außerdem hatte er – was wiederum zu seinen Gunsten sprach – eine Freundin, mit der er quasi verlobt war. An diesem Abend war er mit seiner Verlobten verabredet gewesen, doch sie hatten sich nach kurzer Zeit im Streit getrennt. Er war daraufhin ziellos mit dem Wagen rumgefahren, nur so, um sich abzureagieren, bevor er nach Hause zurückkehrte. Leider fuhr er auch durch die Gegend, in der jenes Mädchen gerade ermordet worden war. Er behauptete, das Mädchen nie gesehen und es auch nicht umgebracht zu haben. Er habe außerdem den Wagen nicht einmal verlassen, nachdem er aus der Wohnung seiner Freundin weggegangen war. Dennoch hatte diese Geschichte eine schwache Stelle. Verstehen Sie, was ich meine?"

Laura Shields, die mit großer Anteilnahme zugehört hatte, nickte. „Ja, er befand sich in einem Zustand innerer Erregung."

„Genau. Aber das bewies natürlich noch nicht, daß er den Mord begangen hatte..., zumindest für mich nicht. Ich glaubte ihm, und darauf baute ich meine Verteidigung auf. Ich verwies auf seine Unbescholtenheit. Es gab keine Krankengeschichte, die auf einen abartigen Charakter hätte schließen lassen, keine Geistesverwirrung. Ein Psychiater untersuchte ihn und fand nichts Abnormes. Ich wies die Geschworenen und das Gericht also einfach darauf hin, daß ein gesunder Mann wie Paul, ein Mann mit seinem Charakter und seinem gesellschaftlichen Status, nur aufgrund von Verdachtsmomenten, sogenannten Indizien, niemals des Mordes angeklagt werden könne. So ging es, wie Sie sehen, in diesem Prozeß nicht um die Erhärtung von Tatsachen, sondern um das Wechselspiel einander widerstreitender Gefühle – die Sympathie für einen netten, jungen Man und der Abscheu vor diesem Verbrechen, in das er hineingezogen worden war."

„Und Sie gewannen?" fragte Laura Shields.

„Die Sympathie gewann die Oberhand. Paul wurde freigesprochen. Natürlich kann ein Mann, der mal des Mordes angeklagt war, selbst dann, wenn er diesen Mord nie begangen hat, nicht einfach nach seinem Freispruch sein früheres Leben wiederaufnehmen. Ihm haftet stets ein gewisser Makel an. Es wird immer Leute geben, die weiterhin auf ihrem Verdacht beharren. Jedenfalls hatte ich den Prozeß gewonnen."

Darüber hätten Sie doch glücklich sein müssen", meinte Laura Shields.

„Eine Weile war ich es ja auch", erwiderte der Anwalt. „Aber, wie ich es schon sagte, Paul hatte Schwierigkeiten, sein früheres Leben weiterzuführen." Jordan Bennetts zweite Zigarette war bis auf einen kleinen Stummel heruntergebrannt. Er drückte sie aus, schwieg eine Weile und starrte aus dem Zugfenster, an dem die Lichter einer großen Stadt gerade vorbeiflogen.

„Teilweise aus dem Wunsch, ihm zu helfen, teilweise, weil ich ihn nett und anziehend fand, befreundete ich mich mit Paul", fuhr er schließlich fort. „Wir sahen uns oft, trafen uns zu gemeinsamen Unternehmungen. Und das hätte nicht sein dürfen. Ein Anwalt sollte einen Fall abschließen, das Urteil akzeptieren und das Ganze vergessen. Er sollte nicht für den Rest seines Lebens der Hüter seines Klienten werden. Das Schlimme ist, daß man einen Mann sehr viel besser kennenlernt, wenn man nicht mehr nur sein Anwalt, sondern auch sein Freund ist. Und ich lernte Paul nur zu gut kennen."

Als Jordan Bennett wiederum in Schweigen verfiel, drängte Laura: „Und was fanden Sie über Paul heraus?"

„Einiges. Zuerst einmal war er jähzornig und neigte zu Gewalttätigkeiten. Nicht sehr oft, aber immerhin. Und das ist der springende Punkt: Wenn er vom Jähzorn gepackt wurde, tat er Dinge, an die er sich später nicht mehr erinnern konnte. Wie zum Beispiel in diesem einen Fall, den ich Ihnen erzählen möchte. Ich war eines Abends bei ihm zu Hause, als er seine Freundin anrief. Ich wußte, daß sie seit dem Prozeß ihm gegenüber deutlich abgekühlt war, und ich hatte ihm deshalb geraten, das Mädchen lieber zu vergessen. Aber er schien es vorzuziehen, sich selbst zu quälen. Er rief sie an diesem Abend an, und sie gab ihm endgültig den Abschied. Er bebte vor Wut, als das Gespräch zu Ende war. Nachdem er den Hörer hingeworfen hatte, ging er hinüber zu dem Tischchen, wo ein gerahmtes Bild seiner Freundin stand, nahm es und schmetterte es zu Boden, daß das Glas splitterte. Dann schlug er vor, daß wir in eine Bar gehen sollten, um etwas zu trinken. Das taten wir denn auch, und es wurde ein langer Abend mit vielen Drinks. Ich brachte ihn anschließend nach Hause, um mich zu vergewissern, daß er sicher ins Bett kam. Er sah das zerbrochene Bild auf dem Boden und meinte, es müsse herabgefallen sein. Ich berichtigte ihn und erinnerte ihn daran, daß er es selbst dort hingeworfen habe, aber er beharrte darauf, daß er das niemals getan hätte. Ich gab es schließlich auf, mich mit ihm darüber zu streiten, und ging. Verstehen Sie nun, Laura, was der springende Punkt ist?“

„Er erinnerte sich nicht, selbst das Bild zerbrochen zu haben“, sagte Laura.

„Ja, so interpretierte ich es jedenfalls. Sie können sich

nicht vorstellen, zu welchen Schlüssen das für mich führte, nachdem sich solche Vorfälle noch mehrmals ereignet hatten. Paul hätte sehr wohl dies Mädchen würgen und töten können, ohne sich dessen zu erinnern. Mit anderen Worten – ich hatte den Freispruch eines geistig anormalen Mörders bewirkt. Und das Schlimmste dabei war, daß er, wenn er dies schon einmal getan hatte, es sehr wohl wiederholen konnte."

Laura Shields schauerte bei diesem Gedanken. Ein Zittern durchlief sie bei der Vorstellung, was noch alles passieren könnte.

„Nun erhob sich für mich die Frage, was man dagegen tun könne", fuhr Jordan Bennett fort. „Ich suchte den Psychiater auf, der Paul vor dem Prozeß untersucht hatte, aber dieser Herr war keine besondere Hilfe. Er würde sich des Falles annehmen, sagte er, wenn ich Paul dazu überreden könne, zu ihm in die Praxis zu kommen. Das versuchte ich zwar unmittelbar darauf mit vielem Drumherumreden, aber natürlich ohne Erfolg. Der Psychiater meinte auch, daß solche Fälle von vorübergehendem Gedächtnisverlust schwer einzugrenzen seien und daß es einer sehr langen Beobachtung bedürfe. Ich überlegte, ob es nicht einen legalen Weg gäbe, um Paul in eine Anstalt einzuweisen, wo diese Beobachtung stattfinden könnte. Aber Tatsache war, daß ich bisher der einzige Zeuge solcher Ausfälle gewesen war und daß die angerufenen Behörden sich nicht allein auf meine Aussage würden stützen können. Kurz und gut – es gab keinen legalen Weg, dieses

Problem zu lösen. Und es war ein Problem, in erster Linie mein Problem. Ich war es, der die Verantwortung dafür trug. Die Lösung mußte also auf anderem Wege erfolgen, als auf dem Rechtsweg."

Wieder verfiel Jordan Bennett in längeres Schweigen. Laura Shields wünschte bereits insgeheim, sie hätte nicht so viele Fragen gestellt. Jetzt mußte sie zuhören, was sie so ausgiebig eigentlich gar nicht gewollt hatte, mußte Anteilnahme zeigen, vielleicht sogar helfen.

„So versuchte ich das Erstbeste", setzte Bennett seinen Bericht fort. „Ich drang in Paul, sich freiwillig den Gesundheitsbehörden zu einer längeren Beobachtung zur Verfügung zu stellen. Ich versuchte ihm klarzumachen, daß er selbst doch wohl nicht als ständige Bedrohung für alle Menschen herumlaufen wolle, als potentieller Mörder. Eigentlich war mir von Anfang an klar, daß ich mit diesem Vorschlag kein Glück haben würde. Und so war es denn auch. Paul gab der Vermutung Ausdruck, daß ich von uns beiden wohl eher der Wahnsinnige sei. Wir hatten eine scharfe Auseinandersetzung. Abschließend sagte ich ihm, daß ich bereit wäre, ihm eine gewisse Bedenkzeit zu geben, um alles noch einmal zu überlegen. Wenn er sich nicht dazu bereit erklären würde, sich freiwillig einer Beobachtung und Behandlung zu unterziehen, würde ich einschneidende Maßnahmen gegen ihn ergreifen müssen. Ich fühlte mich für ihn verantwortlich, und bevor er jemand anders tötete, wäre ich eher bereit, ihn selbst zu töten."

Laura schloß instinktiv die Augen, Eiseskälte stieg in ihr auf. Sie konnte sich das Ende der Geschichte bereits vorstellen.

„Ich gab ihm also, wie gesagt, ein paar Tage Frist", beendete Jordan Bennett seinen Bericht. „Aber ich behielt ihn die ganze Zeit über im Auge. Er versuchte, vor mir auszureißen, indem er diesen Zug bestieg. Aber ich folgte ihm, und da sind wir nun..."

„Aha", meinte Laura. „Der andere ist also Paul?"

„Ja. Vielleicht verstehen Sie jetzt ..."

Laura Shields legte impulsiv ihre Hand auf Bennetts Arm. „Aber Sie haben doch nicht versucht, ihn zu töten?" fragte sie angstvoll. Dann fiel ihr eine noch viel schrecklichere Möglichkeit ein. „Wo ist er jetzt überhaupt – ist er etwa schon tot?"

Jordan Bennett legte seine Hand auf die ihre. „Vielen Dank für Ihre Anteilnahme", sagte er. „Das habe ich jetzt gerade dringend nötig. Aber seien Sie unbesorgt. Ich habe ihn nicht getötet. Er ist in seinem Abteil, da bin ich ziemlich sicher, und ich weiß auch, wo sich das befindet. Dieser Zug hält vor Mitternacht nicht mehr. So kann er auch nicht daraus verschwinden. Nun, ich warte immer noch ab und beobachte ihn weiter. Wenn er nicht bereit ist, aufzugeben, sobald wir in Kalifornien sind, dann..."

Um elf Uhr abends war Laura wieder alleine. Jordan Bennett hatte ihr eine gute Nacht gewünscht und war gegangen. Obwohl er es nicht ausdrücklich erwähnt hatte, wußte sie doch, daß er sich auf den Zugaufenthalt um Mitternacht vorbereitete. Um halb zwölf begab sie sich in ihr Schlafwagenabteil, aber da sie nicht müde war, streifte sie nur die Schuhe ab, zog sich aber nicht ganz aus. Dann saß sie in der Dunkelheit des Abteils und wartete.

Der Zug war pünktlich. Fünf vor zwölf fuhr er in den Bahnhof ein, wo er ungefähr eine Viertelstunde Aufenthalt hatte. Laura behielt den Bahnsteig dicht vor ihrem Fenster im Auge, aber sie konnte weder Jordan Bennett noch Paul entdecken, und als der Zug aus dem Bahnhof glitt, wußte sie nicht, ob sie sich erleichtert oder noch angespannter fühlte als zuvor.

So konnte sie natürlich immer noch nicht schlafen. Sie versuchte, an Bill zu denken, versuchte, sich sein Gesicht vorzustellen, seine Küsse. Das waren Bilder und Empfindungen, die sie bisher immer mit großer Leichtigkeit in sich wachrufen konnte. Aber gerade jetzt fiel es ihr schwer. Klarer als Bills Züge sah sie das Gesicht Jordan Bennetts vor ihrem inneren Auge.

Als es um etwa ein Uhr nachts an ihre verschlossene Tür klopfte, öffnete sie sofort und ohne weiter nachzudenken. Es konnte Jordan Bennett sein, der auf der Suche nach Paul durch den D-Zug streifte. Aber mit dieser Vermutung hatte sie sich geirrt. Der Mann, der draußen stand, war Paul.

Das erste, was sie sah, war, daß sein Anzug ziemlich zerknittert wirkte. Entweder hatte er im Anzug geschlafen, oder – bei dem Gedanken lief es ihr kalt den Rücken herunter – er hatte einen Zweikampf hinter sich. Sein Schlips war verrutscht, und auf der Stirn standen ihm feine Schweißperlen.

Sie konnte nicht in seinen Zügen lesen, obwohl dieses Gesicht auf den ersten Blick offen und sympathisch wirkte. Das kurzgeschnittene braune Haar ließ ihn knabenhaft erscheinen, ebenso die merkwürdig zarte Haut und sein spärlicher Bartwuchs. Sein Mund hingegen wirkte energisch, ebenso wie das ganze Gesichtsoval. Einzig seine Augen erschienen seltsam, sie waren blutunterlaufen und funkelten.

Doch alles in allem konnte sie nichts an ihm entdecken, was zum Fürchten gewesen wäre. Sie mußte an das denken, was Jordan Bennett ihr erzählt hatte. Vielleicht hatte dieser Mann ein Mädchen auf dem Gewissen, zumindest war er des Mordes angeklagt gewesen. Vielleicht war er wirklich wahnsinnig und würde wieder morden. Wenn sie nicht dies alles von Jordan Bennett gehört hätte, hätte sie seinetwegen keine Furcht empfunden.

Aber sie fürchtete sich doch. Sie hatte ihre Abteiltür weit geöffnet, und jetzt versuchte sie, sie wieder zu schließen. Aber das gelang ihr nur teilweise. Kurz bevor sie die Tür ganz schließen konnte, stieß diese an ein Hindernis, und Laura wußte auch sofort, was das war: Der Mann hatte seinen Fuß dazwischengeschoben.

Sie hätte schreien oder auf die Klingel drücken können, die den Schlafwagenschaffner herbeigerufen hätte. Aber ihr Instinkt bewahrte sie rechtzeitig davor, dies zu tun. Sie wußte nicht, wie Paul darauf reagieren würde.

„Sie sind doch Laura Shields, nicht wahr?“ fragte er.

„Ja“, bestätigte sie.

„Ich bin Paul Demaray“, sagte er. „Ich weiß, daß Sie mich kennen. Bennett hat Ihnen von mir erzählt.“

Sie starrte ihn an, ohne sich darüber schlüssig zu sein, was sie antworten oder was sie als nächstes tun sollte. Sie überlegte, wie er wohl ihren Namen herausgefunden haben könnte. Der Name Paul Demaray weckte eine schwache Erinnerung in ihrem Gedächtnis. Vielleicht hatte sie ihn einmal irgendwo gelesen, es gab ja so viele Zeitungsnachrichten.“

„Der Salonwagen ist schon geschlossen“, sagte er. „Darf ich zu Ihnen hereinkommen?“

„Warum?“ Fast hätte sie aufgeschrien.

„Ich möchte mit Ihnen reden“, entgegenete er. „Bennett scheint für seine Lügen ja ein williges Ohr gefunden zu haben. Ich möchte nur, daß Sie nun auch einmal die Wahrheit erfahren.“

Er hätte kaum eine bessere Erklärung für sein Anliegen, zu ihr ins Abteil zu kommen, finden können. Zwar hatte Jordan Bennetts Geschichte sie fasziniert, dennoch war sie sich darüber im klaren gewesen, daß diese sich mehr auf Vermutungen als auf Tatsachen stützte. Der Hinweis, daß es sich dabei um Unwahrheiten handeln und daß die Wahrheit zu Pauls Gunsten ganz anders aussehen könnte, gab der ganzen Geschichte einen völlig neuen und noch viel interessanteren Aspekt.

Im übrigen blieb ihr so gut wie keine Wahl. Aber ihre ursprüngliche Furcht war doch bedeutend weniger geworden, als sie nun zu ihm sagte: „Kommen Sie herein, Mr. Demaray!"

Sie setzte sich, während er eintrat und die Tür hinter sich schloß. Seine Erklärung – „ich möchte nicht, daß jemand uns zuhört", fand sie durchaus einleuchtend, auch daß er sich so dicht neben sie setzte, daß ihre Schultern sich fast berührten, fand sie angesichts der Enge des Abteils ganz normal.

„Also was hat Bennett Ihnen alles erzählt?" fragte er.

Sie wiederholte, was sie von Bennett erfahren hatte, und er hörte ruhig und unbewegt zu.

„Die Fakten an sich stimmen", sagte er schließlich, „aber Bennett und ich sehen die Dinge jeweils ein wenig anders. Darf ich Ihnen auseinandersetzen, was ich dazu zu sagen habe?"

Die zehn Minuten, die sie mittlerweile eng beieinander saßen, hatten ihre Ängste halbwegs beschwichtigt, und jetzt war sie wirklich begierig, alles zu erfahren. „Sagen Sie nur, was Sie denken, Mr. Demaray", erwiderte sie.

„Nun ja, zuerst einmal der Prozeß. Ich finde vom Standpunkt des Gerichts und der Gerechtigkeit wurde er korrekt geführt, und ich bin froh, daß ich freigesprochen wurde. Allerdings stimme ich von jeher mit Bennett darin überein, daß die Art und Weise, in der meine Unschuld festgestellt wurde, nicht zu akzeptieren ist. Sie wissen ja der Freispruch basierte auf Mangel an Beweisen. Die

Anklage sprach davon, daß ich in der Nachbarschaft gewesen sei und mich im Zustand emotioneller Erregung befunden habe, und so weiter. Bennett führte dagegen das psychiatrische Gutachten ins Feld, das besagte, daß ich gesund sei. Er wies auf meinen Familienhintergrund hin, meinen verantwortungsvollen Beruf und all das. Aber ich finde, keiner, weder die Anklage noch die Verteidigung, war in der Lage, das Behauptete zu beweisen. Wo ist da die Logik? Wenn ich mich über das eine Mädchen aufgeregt hatte, warum hätte ich da ein anderes töten sollen? Verstehen Sie, Miss Shields? Da ist doch keine Logik drin. Wenn ich *mein* Mädchen umgebracht hätte, das Mädchen, mit dem ich verabredet war, das wäre noch einigermaßen einleuchtend, weil sie mir ja was angetan hat. Ich könnte mir vorstellen, daß ich vielleicht dazu in der Lage wäre, ein Mädchen, das mich beleidigt hat, zu töten. Das wäre vielleicht noch möglich – falls man grundsätzlich dazu fähig wäre, überhaupt zu töten. Aber diese Logik begreift Bennett nicht. Deshalb bildet er sich jetzt ein, daß ich jenen Mord tatsächlich begangen hätte."

„Sie haben sie nicht ermordet, nicht wahr?" fragte Laura.

„Nein, das habe ich nicht", erwiderte er ohne Umschweife.

Sie blickten einander eine Weile an. Laura fühlte sich ihm irgendwie nahe, wenn auch nicht körperlich.

„Und dann ist da noch die Geschichte mit dem Bild", fuhr er schließlich fort. „Bennett behauptet, ich hätte das Bild zerbrochen und mich später nicht mehr daran erinnert. In Wirklichkeit erinnerte ich mich dessen sehr wohl, ich habe nur dämlicherweise gelogen. Und als ich dann die Wahrheit sagte, wollte Bennett mir nicht mehr glauben. Und leider ist diese Geschichte von besonderer Bedeutung, denn erst dadurch kam Bennett auf die Schnapsidee, mich davon abhalten zu müssen, noch mehr Leute umzubringen. Sehen Sie, Miss Shields, das ist wieder etwas, was Bennetts Juristenverstand nicht begreifen will. Er konnte nicht verstehen, daß ich nur deshalb log, um nicht zugeben zu müssen, wie sehr ich mich getroffen fühlte und wie stark das Verlangen in mir war, zurückzuschlagen, genauso zu verletzen. Ich schämte mich einfach, so kindisch gehandelt zu haben, verstehen Sie?"

„Ich weiß nicht recht", bekannte sie ehrlich.

„Schauen Sie, da war ein Mädchen, das mich heiraten wollte, wohlgemerkt, bevor der Prozeß lief. Ich war aber freigesprochen worden. Zwölf Geschworene hatten meine Unschuld bestätigt. Warum glaubte sie ihnen nicht? Schön – ich war angeklagt, aber meine Unschuld war erwiesen. Warum hatte sie Angst vor mir, bloß weil ich einer Greueltat bezichtigt wurde? Oh, ich weiß, was Sie antworten wollen, Miss Shields. Sie wollen sagen, daß viele Unschuldige ähnliches durchmachen müssen, daß ihnen das Mißtrauen der Leute stets hinterherläuft. Schlimm genug, wenn andere Menschen so reagieren – aber *mein* Mädchen?! Keiner kann nachfühlen, wie weh das tut. Vielleicht wäre ich fähig gewesen, sie deswegen zu töten, wie ich eben schon sagte, weil sie mich so unendlich tief verletzt hat. Aber ich konnte den Wunsch, Gleiches mit Gleichem zu vergelten, nur an ihrem Bild auslassen. Es war albern, „das Bild zu zerbrechen, und deshalb schämte ich mich auch – und log. Aber Bennett hörte nicht auf, diese Lüge zu glauben. Das ist lächerlich. Natürlich konnte ich mich erinnern, das Bild zerbrochen zu haben. Warum sollte ich ausgerechnet das vergessen und mich an alles andere erinnern können? Es ist doch einfach lächerlich."

Während er sprach, wuchs Lauras Anteilnahme. Sie hatte das Gefühl, daß ihre Begegnung mit diesen beiden Männern hier im Zuge schicksalhaft sein müsse, da nur sie in der Lage war, sie wieder miteinander zu versöhnen. Beide hatten sich ihr anvertraut, also hatten sie auch Vertrauen in sie gesetzt. Und deshalb würde sie ihnen helfen können.

„O Paul", sagte sie und legte ihm ihre Hand auf den Arm, genauso, wie sie es zuvor bei Jordan Bennett getan hatte, „es ist nicht so, daß Bennett unlogisch wäre. Er zieht bloß andere Schlüsse aus dieser Sache als Sie. Ihrer beider Logik ist verschieden, aber beides ergibt einen Sinn. Ist Ihnen klar, daß ich Ihnen beiden zuhörte und sowohl Ihre Geschichte als auch die von Bennett glaubte? Sie müssen versuchen, einander zu verstehen. Ich möchte Sie wieder zusammenbringen, möchte versuchen, daß jeder die Auffassung des anderen versteht. Sie sind beide viel zu nette Menschen, als daß dies alles passieren dürfte. Bennett darf auch nicht den leisesten Versuch machen, Sie umzubringen. Das würde ohnehin sein Leben ruinieren. Und Sie dürfen nicht sterben, weil Sie ohne Schuld sind, Sie sind ein guter Mensch…"

Paul blickte auf sie herab. Seine Züge entspannten sich, sein Gesichtsausdruck wurde weich. „Danke, Laura", sagte er.

„Ich bin überzeugt davon", bekräftigte sie.

Er wandte den Blick von ihr, lehnte sich zurück und schloß die Augen. Als er schließlich zu sprechen begann, tat er es so leise, daß sie kaum verstehen konnte, was er sagte, weil das Geräusch der Zugräder seine Worte übertönte.

„Sie sind ein Geschenk des Himmels, Laura. Oh – einen Menschen zu finden, der mich weder haßt noch mir mißtraut, oder mich gar fürchtet. Jemanden zu finden, der an meine Unschuld glaubt und so mit mir umgeht, wie jeder Mensch mit mir umging, bevor dies alles passierte. Ich fühle mich nicht mehr wie ein Ungeheuer. Ich fühle mich wieder wie ein Mensch. Und vielleicht haben Sie recht, vielleicht können Sie sogar die Dinge zwischen Bennett und mir wieder in Ordnung bringen. Aber was können Sie noch für mich tun, Laura? Ich muß mein zerstörtes Leben wieder aufbauen. Wie können Sie mir dabei helfen, Laura?"

„Ich will gerne tun, was in meiner Macht steht, Paul", entgegnete sie.

„Wissen Sie", fuhr er fort, „daß es viel wichtiger ist, daß eine Frau so zu einem spricht? Männer bedeuten einem

Mann nicht viel. Wenn ein Mann mir sagen würde, er akzeptierte mich als vollwertiges Mitglied der menschlichen Gesellschaft, es würde mir kaum etwas bedeuten. Aber eine Frau sieht die Dinge eben aus persönlicher, aus menschlicher Sicht. Das hängt, wie ich vermute, mit der Gegensätzlichkeit der Geschlechter zusammen. Wenn eine Frau mich akzeptiert, so hat das eine menschliche Basis. Es bedeutet, daß ich sie berühren kann, ohne daß sie deshalb schaudert. Das bedeutet, daß ich sie umarmen könnte, ohne daß sie das Gefühl hätte, daß ein widerliches Reptil sich ihr nähert. Vielleicht akzeptiert sie mich nicht als Liebhaber, aber zumindest als Mann..."

Seine Augen waren nicht mehr geschlossen, er blickte sie wieder an. Sein Blick war weich und sanft wie der Ton seiner Stimme. „Sie sind genauso schön wie Sie freundlich sind, Laura", sagte er.

Sie lachte und meinte: „Sie kommen ein wenig von der Realität ab."

„Laura", beharrte er, „ein Mann wird es müde, immer nur mit harten Dingen konfrontiert zu werden, wie Mord, Schwurgericht und Logik. Es ist gut, den Anblick von etwas Weichem, Schönem zu genießen. Wissen Sie was, Laura? Dieses Mädchen mit dem ich befreundet war, ließ sich gerne von mir küssen – *vor* dem Prozeß, wohlgemerkt. Danach nie mehr, obwohl wir uns noch einige Male getroffen haben."

„Das war grausam und ungerecht."

„Auf diese Weise habe ich seit länger als einem Jahr keine

Frau mehr geküßt."

„Sie werden wieder eine finden, eine andere Freundin, Paul."

„Darf ich Sie küssen, Laura?"

Nicht, daß sie Angst vor ihm gehabt hätte. Sie verstand ihn vollkommen. „Ich bin verlobt, Paul", wandte sie ein.

„Ja, ich weiß. Bennett sagte es mir, und ich sehe ja auch Ihren Ring.

„Und außerdem heirate ich am Sonnabend", fuhr sie fort.

„Ja, das weiß ich auch."

„Deshalb ist es nicht gut, andere Männer zu küssen, finden Sie nicht auch?"

Er bewegte sich in seinem Sitz und drehte sich ein wenig, so daß er ihr jetzt gerade ins Gesicht schauen konnte.

„Nur als Akt der Barmherzigkeit, Laura, als Therapie für einen kranken Mann."

Sie überlegte. Sie fühlte sich ähnlich unbehaglich wie vor einiger Zeit im Salonwagen mit Jordan Bennett, ein wenig verwirrt, ein wenig schuldbewußt.

„Also gut", sagte sie schließlich.

Er beugte sich vor, und sein Mund legte sich auf den ihren. Sie schloß die Augen und rührte sich nicht. Es war ein sanfter Kuß, ein Kuß von langer Dauer. Schließlich strebte sie weg von ihm, ohne sich eigentlich dessen bewußt zu sein, und beendete diesen Kuß abrupt.

„Was ist denn?" fragte er. Sein Gesicht blieb dem ihren

nahe. Seine Augen leuchteten.

„Nichts weiter", sagte sie. „Ich bin immer noch verlobt."

„Haben Sie sich gerne von mir küssen lassen?"

„Nun ja..."

„Mochten Sie es?"

„Ich darf es nicht mögen."

„Laura, um des Himmels Barmherzigkeit willen, wollen Sie bitte aufhören, mir immer wieder zu erzählen, daß Sie verlobt sind. Mochten Sie es?"

„Ich habe kein Recht dazu."

„Hören Sie endlich auf. Beantworten Sie meine einfache Frage. Mochten Sie es?"

Sie zögerte, unsicher geworden. „Ich glaube schon..."

„Ja oder nein, Laura."

„Also gut, ja."

Seine rechte Hand griff zu ihr herüber, er zog sie in die Arme, drehte sie zu sich und küßte sie aufs neue, aber diesmal nicht so sanft wie zuvor. Sein Mund brannte. Sie fühlte, wie ihm der Schweiß im Gesicht stand. Sie wehrte sich, brachte es fertig, sich mit beiden Händen gegen seine Brust zu stemmen. Schließlich hatte sie ihn zurückgedrängt.

„Schluß jetzt, Paul!" sagte sie heftig. „Sie haben kein Recht dazu."

„Sie haben gesagt, sie mögen es."

„Ja, zu Anfang, aber jetzt nicht mehr."

„Warum denn? Ist etwas mit mir nicht in Ordnung?"

„Das hat doch nichts damit zu tun, Paul. Ich sagte Ihnen

doch, daß ich verlobt bin."

„Verlobt! Hören Sie auf damit! Sagen Sie es nicht noch mal. Das ist ja doch nicht der wahre Grund."

„Paul, es ist der einzige Grund!"

„Sie haben gesagt, daß Sie mir glauben, daß ich schuldlos bin, daß Sie mich als Mann akzeptabel finden. Aber das sagen Sie nur so, Sie handeln nicht danach."

„Was erwarten Sie denn von mir?"

Sie war jetzt wirklich zornig, trommelte mit den Fäusten gegen seine Brust und grub ihre Fingernägel in sein Gesicht. Ihr Zorn und der Schmerz im Gesicht verstärkten seine Gewalttätigkeit. Er stand auf und drückte sie mit seinem ganzen Gewicht in die Kissen. Seine Finger griffen nach ihrer Kehle.

„Du Heuchlerin!" keuchte er. „Du verdammte Heuchlerin!"

Es dauerte nicht lange. Schließlich hörte er nur noch seinen eigenen keuchenden Atem, der ihm jetzt so laut zu sein schien wie das Rollen der Räder unter ihm. Er erhob sich, schwankend im Rhythmus des dahinjagenden Zuges.

„Aber Shirley Giardello habe ich nicht umgebracht", sagte er laut. „Sie hat mir nichts getan. Ich habe sie nicht einmal gekannt..."

In Arizona entdeckte Jordan Bennett die Mädchenleiche. Aber er sagte niemandem etwas davon, schlug keinen Alarm. Er wollte nicht, daß jemand ihn an dem hinderte, was getan werden mußte. Er ging durch drei Wagen und stieß die Tür zu einem unverschlossenen Abteil auf.

Paul Demaray saß dort, die Ellenbogen auf die Knie gestützt, das Gesicht in den Händen vergraben. Er rührte sich nicht, als Bennett eintrat und leise die Tür hinter sich schloß.

„Ich habe zu lange gewartet“, sagte Bennett mit bebender Stimme. „Ich wollte dir die Chance geben, es selbst zu tun. Aber jetzt hast du etwas anderes getan, nicht wahr?“

Demaray hob den Kopf nicht, sondern sprach durch die Hände vor seinem Gesicht. Seine Stimme klang gedämpft: „Was soll ich getan haben, Bennett?“ fragte er.

„Du weißt verdammt gut, wovon ich spreche.“

„Nein, das weiß ich nicht... ich weiß es nicht.“ Er hob plötzlich den Kopf und wandte Bennett sein verkratztes Gesicht zu. „Schau mich an. Was ist mit mir geschehen?“

Bennett biß sich auf die Lippen. „Das hat sie getan“, murmelte er. „Du weißt es genau.“

„Sie? Von wem redest du, Jordan?“

Jordan Bennett lachte. Es war ein bitteres Lachen. Ein tränenersticktes Lachen. „Ich verstehe, du willst wieder eine Show abziehen. Nun sag bloß noch, du erinnerst dich nicht mehr – los, sage es doch!“

„Ich erinnere mich auch nicht, ehrlich, Jordan. Ich weiß nur, daß irgend etwas Furchtbares passiert ist, aber ich weiß nicht, was.“

„Halt den Mund! Einmal habe ich dir geglaubt, nämlich, daß es möglich sei, daß du einen Mord begehst, ohne dich dessen zu erinnern. Aber dies ist schlimmer als damals, viel schlimmer. Du hast es ja schon einmal getan, aber da wußtest du es auch! Du bist ein unvorstellbar grausames und egoistisches Ungeheuer. Wenn man dich nur ein wenig kränkt, schlägst du zu, ohne Rücksicht. Dir ist es egal, wen du triffst. Hauptsache, du triffst irgend jemand. Nur um deine gekränkte Eitelkeit zu rächen..."

„Jordan, du verstehst mich nicht!"

„Nein, gottlob, ich verstehe dich wahrhaftig nicht!"

Jordan Bennett stellte sich mit dem Rücken zur Tür, dann betätigte er den Abzug und schoß das Magazin leer.

In Boston meldete Leutnant Dave Lefkowitz ein Ferngespräch mit Voranmeldung an. „Versuchen Sie, Jordan Bennett ausfindig zu machen", sagte er. „Er ist Rechtsanwalt. Und machen Sie es bitte eilig."

In San Francisco hielt Leutnant William Wheeland ein Ferngespräch mit New York. „Ich möchte Laura Shields sprechen", sagte er. Seine Stimme war unsicher und rauh. Er buchstabierte den Namen, um jedes Mißverständnis auszuschließen.

In der New Yorker Fernmeldezentrale sagte Dotty Myers gerade: „Ich muß mal Jordan Bennetts Nummer raussuchen", als Peggy Thomas über das Stimmengewirr hinwegschrie: „He, Mädels!"

Die Stimmen verstummten allmählich. „Dieser Marineleutnant in Frisco ruft schon wieder an", erklärte Peggy.

„Er fragt nach Laura. Sie muß dort nicht angekommen sein."

„Also weißt du", rief Dotty Myers erstaunt. „Heute ist doch Sonnabend, der Tag, an dem sie heiraten wollte." Dann erinnerte sie sich ihres Auftrags und sagte in die Sprechmuschel hinein: „Bleiben Sie noch einen Augenblick in der Leitung, bitte!"

In Boston saß Leutnant Dave Lefkowitz und machte seiner Mißmut Luft. „Was ist bloß mit dem Mädchen vom Amt los", fragte er Sergeant Ross. „Seit drei Tagen versuche ich diesen Bennett zu kriegen. Ich will ihm die erfreuliche Mitteilung machen, daß ich den Kerl erwischt habe, der den Mord an Shirley Giardello begangen hat. Aber da kann ja wohl die Welt untergehen, bis ich den mal erreiche. Und ich sitze hier und warte und warte..."

Jedem das seine

Der Brief lag auf dem Schreibtisch. Miss Fairfax öffnete ihn erst gar nicht. Das war nicht nötig. Die schlechten Nachrichten, die darin standen, hatte sie seit langem erwartet. Die Bank würde das Haus pfänden und versteigern lassen. Aber Miss Fairfax war darüber ganz anderer Ansicht. Dies war ihr Haus und sollte auch ihres bleiben. Nicht daß sie das nötige Bargeld gehabt hätte, aber sie hatte noch ihren Schmuck. Ihr wunderschönes, gehütetes Erbteil würde ihr Haus retten helfen.

Sie nahm den Schmuck aus einer reich mit Schnitzereien verzierten kleinen Truhe und steckte ihn in eine schwarze Ledertasche, die sie sorgfältig verschloß. Fünfzigtausend Dollar war dieser Schmuck wert. „Nun sollen sie noch versuchen, mir das Haus wegzunehmen“, flüsterte sie und blickte aus dem Fenster.

Welke Blätter wirbelten über den Rasen, ein Vogel hüpfte an einer Hecke entlang, und gerade taumelte ein einzelnes Blatt von einem schon kahlen Ast herab. Ein braunes Blatt, Sinnbild herbstlichen Sterbens. Aber Miss Fairfax achtete nicht darauf. Sie zählte die Schläge der Wanduhr, die die Stunde schlug.

Es war Zeit zu gehen. Seufzend erhob sie sich und schritt über den Flur zur Tür, die sie hinter sich verschloß. Dann stieg sie die Treppe hinab.

Die Diele im Parterre war dunkel und angefüllt von Moschusduft. Sie blieb vor der Garderobe stehen, schlüpfte in einen einfachen, schwarzen Mantel, zog sich lange, schwarze Handschuhe über, setzte eine Winzigkeit von schwarzem Hütchen auf ihr Haar und betrachtete sich im Spiegel.

Wie die blanke Fläche eines dunklen Sees gab der im Schatten liegende Spiegel ihr jugendliches Abbild wider. Es war lange, lange her, daß sie tatsächlich so ausgesehen hatte. Damals war der Efeu, der jetzt das Haus von unten bis oben bedeckte, kaum bis zu den Fensterbänken im Parterre gerankt.

Ach, du lieber Himmel, wie schön war doch die Zeit gewesen, dachte Miss Fairfax, und der Eindruck auf dem Spiegel verblaßte und machte der Wirklichkeit Platz – dort stand jetzt eine alte Frau. Sie wandte sich heftig um und betrat eines der großen Zimmer, deren Türen in der Diele mündeten. Während sie sich dort drinnen zu schaffen machte, lastete draußen die Stille wie ein schweres Gewicht. Miss Fairfax stand mit lauschend geneigtem Kopf in dem Zimmer und hörte den langsamen Schlägen der großen Uhr zu. Die stand, etwas zurückgesetzt, in einer

Ecke, im Schatten. Aber das rastlose Hin und Her ihres Pendels bewies, daß die Zeit unaufhaltsam verstrich.

Miss Fairfax erwachte aus ihrer Versunkenheit, ging wieder in die Diele hinaus, ergriff die schwarze Ledertasche und trat auf die Veranda. Sorgfältig verschloß sie die Tür hinter sich und stieg die Treppe hinunter in den Garten. Immer noch wirbelten die Blätter über den Rasen.

Ein Taxi wartete an der Gartenpforte. Der Fahrer kam ihr entgegen und wollte ihr die Tasche tragen.

„Schon gut, junger Mann", sagte sie knapp, gab aber die Tasche nicht aus der Hand. Ihre mageren Hände umgriffen die Tasche noch fester, während sie auf den Wagen zuschritt.

Der Fahrer sprang hinzu, öffnete ihr die Tür, half ihr einsteigen, schloß die Wagentür und setzte sich hinters Steuer. Er fuhr zum Bahnhof. Wieder half er der alten Dame, diesmal beim Aussteigen, wagte es aber nicht mehr, ihr beim Tragen der Tasche behilflich zu sein. Da muß wohl 'ne Million drin sein, sagte er zu sich selbst, während er Fahrgeld und Trinkgeld dankend entgegennahm.

Eine Minute später fuhr der Zug ein. Miss Fairfax kletterte in ein Abteil, wobei sie dem Schaffner verwehrte, ihr hilfreich die Tasche abzunehmen. Dann ließ sie sich in einem Abteil nieder, stellte die Tasche vor sich auf die Knie und hielt sie mit eisernem Griff fest. Natürlich erregte ihr Verhalten die Aufmerksamkeit der Menschen, die mit ihr im selben Abteil saßen. Sie lächelten amüsiert, aber einer der Mitreisenden lächelte nicht. Ein junger Mann war hinter Miss Fairfax in das gleiche Abteil getreten, und natürlich bemerkte auch er die kleine, schwarze Tasche sofort. Als der Zug sich in Bewegung setzte, verließ er seinen Eckplatz und nahm auf der gegenüberliegenden Seite, direkt neben Miss Fairfax, Platz.

Die alte Frau wandte sich um, und der junge Mann lächelte. Er war gut angezogen und sorgfältig rasiert. Miss Fairfax erwiderte sein Lächeln und fing allmählich eine Unterhaltung über die Vorzüge des augenblicklichen Wetters an – wirklich, so mild und gar kein Regen.

„Keine Jahreszeit ist so schön wie der Herbst", bestätigte der junge Mann.

„Ja, wundervoll", fuhr Miss Fairfax fort. „Ein bißchen traurig zwar, aber ohne das wäre es ja kein Herbst."

Der junge Mann nickte zustimmend, und der Zug ratterte gleichmäßig dahin. Die Dämmerung fiel hernieder und hüllte die liebliche Landschaft in ihren dunklen Mantel. Dunkle Wälder und Hügelketten flogen vorbei. Die Lokomotive vorne tat einen langen Pfiff, die Räder rollten in gleichmäßigem Rhythmus.

Ein einschläferndes Geräusch, und Miss Fairfax begann müde zu werden. Ihre kleinen, wächsernen Hände lockerten den Griff um die Henkel der schwarzen Tasche. Aber plötzlich riß sie sich zusammen. „Du lieber Himmel", sagte sie erschrocken, „fast wäre ich doch tatsächlich eingeschlafen! Aber jetzt fühle ich mich wieder völlig munter. Ist es nicht seltsam, daß nur ein kurzer Moment des Augenschließens so eine Wirkung haben kann?"

Der junge Mann hob die Brauen. „Wenn Sie müde sind, warum schlafen Sie nicht eine Weile?"

„Oh, nein. Wir haben uns doch gerade so nett unterhalten. Es war wirklich unhöflich von mir, die Augen zu schließen."

„Aber keineswegs. Um die Wahrheit zu sagen – ich habe es gar nicht richtig wahrgenommen."

Eine höfliche Lüge. Miss Fairfax lächelte und blickte zum Fenster hinaus. Die Nacht war hereingebrochen. Ein paar Lichter flammten auf und wurden von der Dunkelheit auch schon wieder verschlungen. Sie wandte sich dem jungen Mann wieder zu und fragte mit ein wenig ängstlicher Stimme: „Fahren Sie weit? Ich muß in Rockport aussteigen. Kennen Sie den Ort?"

„Oh, da muß ich auch raus."

„Ach, dann kennen Sie sich wohl da aus?"

„Ich habe eine Menge Bekannte dort."

„Wirklich? Dann kennen sie vielleicht auch die Familie Hamilton?"

„Nein, aber ich habe sie des öfteren erwähnen hören. Es müssen nette Leute sein."

„Es sind gute Freunde von mir."

„Die besuchen Sie wohl heute?"

„Wie man's nimmt." Miss Fairfax griff nach dem Schnappschloß ihrer Tasche und hielt die Bügel womöglich noch fester als zuvor. „Eigentlich fahre ich einiger

Geschäfte wegen dorthin", fuhr sie fort, und dann geriet die Unterhaltung ins Stocken.

„Rockport!" rief der Schaffner draußen auf dem Gang.

Zischend kam die Lokomotive zum Stehen. Die Leute erhoben sich, und der junge Mann fragte: „Kann ich Ihnen mit Ihrem Gepäck behilflich sein?"

Einen kurzen Moment zögerte die alte Frau. Schließlich übergab sie ihm ihre Tasche mit den Worten: „Danke. Sie sind wirklich ein Gentleman."

Und dann geschah es. Die alte Dame, zu schmächtig und klein, um sich gegen die herausdrängenden Passagiere zu behaupten, wurde zurückgedrängt und entstieg als letzte dem Zug. Da stand sie nun und sah sich suchend nach dem hilfsbereiten jungen Mann um, konnte aber keine Spur von ihm entdecken. Voller Bestürzung bemerkte sie, wie alle anderen Reisenden sich entfernten und die Menge sich verlief. Verzweifelt schlug sie die Hände vors Gesicht.

Ihr Schrei ließ die Leute, die sich noch auf dem Bahnsteig befanden, herumfahren. Einer faßte sie am Arm und fragte freundlich nach dem Grund ihrer Aufregung. Sie war in Tränen ausgebrochen, und ihre gestammelte Antwort schien ohne Sinn. Aber dann gewann sie doch ihre Fassung zurück. „Mein Schmuck", sagte sie tonlos, „er war fünfzigtausend Dollar wert. O du lieber Himmel, er ist fort! Ich ließ den jungen Mann meine Tasche tragen, und er ist damit verschwunden ..."

Und so war es. Eine unverrückbare Tatsache für die

Polizei. Schon fünf Minuten nach diesem bedauerlichen Vorfall erschien der Polizeichef des Städtchens im Warteraum des Bahnhofs, um Miss Fairfax zu befragen. Nein, sagte sie, sie sei mit dem jungen Mann nicht bekannt. Sie könne ihn im einzelnen auch nicht beschreiben. Er sei jung und blond gewesen und habe so nett gelächelt. Mehr konnte der enttäuschte Polizeibeamte nicht aus ihr herausbekommen. Er schüttelte den Kopf.

„Wir wollen unser möglichstes tun, Miss Fairfax, obwohl unsere Informationen ja nun nicht die besten sind."

„Ja, ja. Ich weiß."

Worte, alles nur Worte. Der Schmuck war weg und das Haus damit verloren.

„Der wertvolle Schmuck", meinte der Beamte vorwurfsvoll. „Sie hätten ihn nicht einfach mit sich herumtragen dürfen."

„Ja, ja." Miss Fairfax nickte verstört. „Aber ich mußte doch", fügte sie hilflos hinzu. „Verstehen Sie? Die Bank wollte mein Haus haben, ich mußte den Schmuck deshalb verkaufen."

Abermals schüttelte der Polizeibeamte den Kopf und tätschelte tröstend die Hand der alten Frau. „Es tut mir wirklich leid für Sie. Wir werden den Dieb ja hoffentlich kriegen, und dann bekommt er, was er verdient!"

Miss Fairfax hörte schon gar nicht mehr hin, was er sagte. „Und dabei sah er so nett aus", meinte sie nur kopfschüttelnd und brach in Tränen aus.

Der Polizeichef hatte sich erhoben und sagte in dem

Bemühen, sie zu trösten: „Wir bleiben jedenfalls mit Ihnen in Verbindung. Es ist jetzt wohl besser, wenn Sie wieder nach Hause fahren."

Kurz darauf donnerte der Gegenzug in die Station. Der Polizeibeamte ergriff Miss Fairfax leicht am Arm und führte sie hinaus auf den Bahnsteig. Dann half er ihr beim Einsteigen in den Zug, der sie wieder nach Hause bringen sollte...

Die trockenen Blätter, die der Nachtwind vor sich hertrieb, raschelten über den Rasen. Das Haus lag schweigend im Dunkel. Miss Fairfax stieg die Stufen zur Haustür empor, trat ein und verschloß die Tür wieder hinter sich. Die große Standuhr tickte unablässig: Ver-häng-nis, Ver-häng-nis... Es klang wie eine böse Botschaft.

Die alte Frau entledigte sich ihres Mantels, zog ihre Handschuhe aus und legte den Hut ab. Dann griff sie zum Lichtschalter.

Die Deckenbeleuchtung flammte auf. Die alten dunklen Möbel glänzten im Licht. Im Sessel neben dem Kamin saß der junge Mann, der Miss Fairfax um ihre Tasche erleichtert hatte, und grinste.

„Du liebe Güte, Roger", sagte sie, „du bist schon hier?"

„Das Auto ist eben schneller als der Zug", erwiderte Roger. „Wie ist es dir denn in Rockport ergangen?"

„Ah, fabelhaft. Alles lief nach Plan. Der Polizeikommissar war voller Mitleid. Er führte mich zum Gegenzug, der ja bald darauf kam, und versprach mir, sein möglichstes zu tun, um dich zu erwischen."

„Womit er Pech haben wird", lachte Roger.

„Bestimmt! Bei der Personenbeschreibung, die ich ihm gegeben habe", bestätigte die alte Dame. „Ach, du liebe Güte, wie war das einfach, wirklich, erstaunlich einfach."

„Na klar, mit einer armen, alten hilflosen Frau wie dir hat doch jeder Mitleid."

„Ja, alle hatten das. Es war fast so aufregend, als stünde man auf einer Bühne..." Die alte Dame lächelte triumphierend und ging hinüber zu dem Stuhl, auf dem die schwarze Tasche stand, die ihr Neffe dort abgesetzt hatte.

„Mein ganzer Schmuck!" rief sie glücklich aus. „Jetzt kann ich ihn behalten, und die Versicherung..."

„Fünfzigtausend Dollar", fiel ihr Roger ins Wort. „Ein Haufen Geld."

„Mehr als genug, um die Bankschulden zu zahlen. Glaubst du, daß die Leute von der Versicherung Verdacht schöpfen?"

„Die sind doch immer mißtrauisch", entgegnete Roger. „Aber du wirst bestimmt keine Schwierigkeiten mit Ihnen bekommen. Die werden blechen, und das noch mit Vergnügen."

„Ja." Die alte Dame lächelte versonnen. „Sie werden zahlen." Langsam öffnete sie die Tasche. Da lagen die Schmuckstücke, eines neben dem anderen. „Ach, wie wunderschön doch jedes einzelne Stück ist!" rief sie begeistert.

„Zweifellos", bestätigte Roger trocken, „aber ich persönlich ziehe einen Sportwagen vor."

„Ja, ich weiß. Jedem das Seine. Aber schau dir doch nur mal das an." Die alte Frau hob eine wertvolle Brosche ins Licht.

„Sportwagen und Bargeld", wiederholte Roger, und seine Stimme hatte dabei einen merkwürdigen Klang angenommen.

„Den Sportwagen hast du ja bereits", erinnerte ihn die alte Frau. „Und was das Bargeld betrifft – ein paar Lebensjahre habe ich ja wohl noch vor mir."

„Ein paar Jahre?" Roger schüttelte den Kopf. „So lange habe ich nicht vor zu warten. Schließlich war das Ganze, Juwelendiebstahl *und* Versicherungsschwindel, meine Idee, liebes Tantchen, und wenn schon nicht für mich..."

„Ja, wenn es nicht für dich und deine Spielschulden und deine Autos gewesen wäre, hätte ich das alles gar nicht mitgemacht", sagte die alte Frau erbost. „Aber du bist habgierig und undankbar..."

„Habgierig stimmt", gab Roger grinsend zu. „Und ganz schön schlau. Woher ich diese Familien-Charakterzüge wohl haben mag?"

Die alte Frau tat die Brosche in die Tasche zurück. Dann wandte sie sich wieder ihrem Neffen zu und fragte kurz angebunden: „Wieviel?"

„Oh, ich will ausnahmsweise nicht habgierig sein. Die Hälfte des Versicherungsbetrages würde mir schon genügen."

„Und der Rest nach meinem Tode. Von dem Schmuck

und dem Haus gar nicht zu reden. Na schön, ich hoffe, du kannst wenigstens so lange warten, bis die Versicherung gezahlt hat."

„Ich will versuchen, meine Ungeduld zu zügeln", sagte Roger und grinste unverschämt.

Sie ließ es zu, daß er die Tasche verstaute und murmelte erbittert vor sich hin: „Habgierig und schlau. Habgierig und schlau..."

Kurz darauf rief sie ihn in die Küche, wo sie ein kaltes Abendessen zubereitet hatte. Sie selbst aß nichts, sondern begnügte sich mit einer Tasse Tee.

„Bist du noch immer eingeschnappt?" erkundigte sich Roger ironisch. „Komm, Tantchen, schmoll nicht mehr. Deine Leberwurst schmeckt heute abend wirklich toll."

„Ich habe keinen Appetit", erwiderte sie mißmutig und sah zu, wie er gierig ein Sandwich verschlang. Habgierig und schlau, dachte sie. Aber nicht schlau genug... Sie wandte den Kopf ab.

Die große Standuhr schlug die Stunde. Ver-häng-nis, Ver-häng-nis, Ver-häng-nis.

Die alte Dame lächelte in sich hinein, während sie dem unentwegten Ticken lauschte. Ihr Neffe hingegen achtete nicht darauf. Er war viel zu sehr damit beschäftigt, ein leckeres, vergiftetes Leberwurstbrot zu verspeisen.

Tödlicher Auftrag

Roy Littons Wohnung befand sich im achtzehnten Stock des riesigen Apartmenthauses, eine luxuriöse Unterkunft, die ihn dreißigtausend Dollar pro Jahr kostete. Das Wohnzimmer ging auf eine große Terrasse hinaus, eine herrliche Gelegenheit, sich – unbeobachtet von anderen – zu sonnen. Der Blick von hier ging weit hin über eine ausgedehnte Parkanlage. Dahinter, irgendwo am Horizont, lag die übrige Stadt.

„Darf ich fragen", erkundigte sich Roy Litton bei seiner Besucherin, „von wem Sie meine Anschrift erfahren haben?"

Die junge Dame hieß Jean Merriam. Sie war eine siebenundzwanzigjährige schlanke, elegante Brünette. Statt einer Antwort zog sie eine Visitenkarte aus ihrer Handtasche und reichte sie Litton über den Tisch.

„Genügt das als Einführung?" fragte sie.

Er las und lächelte. „Doch, doch, das ist durchaus zufriedenstellend. Ich kenne die Handschrift der Dame.

Und womit kann ich Ihnen jetzt helfen?"
„Ich gehöre zu einer Organisation", begann Jean, „die höchst diskret Nachforschungen anzustellen pflegt."
„Sind Sie Detektivin?"
Sie zuckte kaum merklich die Achseln und erwiderte lächelnd: „Wir bezeichnen uns nicht gerade als Detektive, aber genaugenommen sind wir es. Wir sind überzeugt davon, daß Ihre spezielle Begabung uns außerordentlich nützlich sein könnte. Ich bin hier, um Sie zu fragen, ob Sie bereit wären, uns von Fall zu Fall zur Verfügung zu stehen? Falls Sie damit einverstanden sind, habe ich eine Art Testaufgabe für Sie vorbereitet. Sie sind doch damit einverstanden, nicht wahr?"
Litton rieb sich nachdenklich das Kinn. „Hat man Ihnen auch gesagt, wie meine Honorarforderungen aussehen?"
Wieder öffnete Jean Merriam ihre Handtasche, nahm einen Scheck heraus und überreichte ihn Litton. Der betrachtete ihn genau und nickte.
„Ja", sagte er und legte den Scheck vor sich auf den Tisch. „Zehntausend Dollar. Pflegen Sie derartige Summen immer von Ihrem persönlichen Konto abbuchen zu lassen?"
„Diese Summe wurde eigens zu diesem Zweck gestern auf mein Konto eingezahlt."
„Also – was wünscht Ihre Organisation denn von mir zu wissen?"
„Mir wurden Anweisungen gegeben, Mr. Litton, die genau besagen, wie in diesem Fall vorgegangen werden

soll. Ich weiß allerdings nicht, ob das für Ihre Begriffe ausreichend sein wird. Bevor wir uns auf eine Mitarbeit mit Ihnen einigen, hätte ich gerne gewußt, was Sie so im einzelnen tun."

Litton lächelte. „Oh, ich erzähle Ihnen gerne alles, was darüber zu sagen ist."

„Sehr schön, ich werde aufgrund dessen, was Sie mir erzählen, entscheiden, ob uns Ihre Dienste zehntausend Dollar wert sind und ob die Organisation Sie zu diesem Preis engagiert. Sobald ich Ihnen den Auftrag überreiche und Sie ihn durch Ihre Unterschrift akzeptieren, sind wir Geschäftspartner. Der Scheck gehört Ihnen, wenn unsere gegenseitige Absprache perfekt ist."

„So – und wer entscheidet letzten Endes darüber, ob sie wirklich perfekt ist?"

„Sie", entgegnete Jean. „Selbstverständlich werden wir auch in Zukunft keine Abmachungen treffen, falls Sie mit den Ergebnissen dieser jetzigen Zusammenarbeit nicht zufrieden sind. Wie ich zuvor schon sagte – dies ist ja erst einmal eine Art Test. Wir versuchen's mal. Wenn Sie wirklich so gut sind, wie mir versichert wurde, wird sich der Versuch ja wohl auch lohnen. Ist das fair oder nicht?"

Litton nickte. „Doch, das ist fair, Miss Merriam." Er lehnte sich in den Sessel zurück. „Nun schön – ich nenne mich gelegentlich selbst einen ‚Seher', weil diese Bezeichnung meine Fähigkeiten besser beschreibt als jede andere. Ich pflege Dinge zu erspüren, sie mit dem inneren Auge zu sehen. Nicht etwa in der Weise wie ein Gedankenleser. Bei mir ist das ganz anders. Unter besonderen Umständen kann ich in eine langanhaltende Phase des Erspürens hineingeraten, obwohl meine Kräfte da auch bemessen sind. Das ist nicht gleichbedeutend mit dem ‚zweiten Gesicht', und ich kann auch nicht die Zukunft exakt voraussagen. Ich habe da keine ausreichende theoretische Erklärung, ich kann nur beschreiben, was dabei geschieht. Ich arbeite mit Gegenständen, mit denen der betreffende Mensch Kontakt hatte, irgendwelche Gegenstände aus beliebigen Materialien, die in körperlichem Kontakt zu der Person standen, um die es geht. Etwa ein Kleidungsstück, das vor kurzem noch getragen wurde, oder Brillen. Die sind ganz besonders gut geeignet. Einmal arbeitete ich mit einem Wagen, den der Betreffende zuvor gefahren hatte, und zwar täglich, etwa zehn Monate lang. Manche Objekte versetzen mich in die Lage, mich in kurzer Zeit ganz und gar als die betreffende Person zu empfinden. Natürlich bin ich körperlich auf dem Platz, auf dem ich sitze, aber mit meinem Geist bin ich woanders. Ich kann nur sagen, daß ich während der Zeit, in der ich einen solchen Kontaktgegenstand in der Hand halte, mich mit dem Menschen, über den ich mich orientieren soll, identifizieren kann. Dann bin ich ein anderer – nicht Roy Litton. Ich bin mir nicht meiner eigenen Person bewußt und auch nicht dessen, was ich gerade tue. Ich kenne Litton nicht und weiß nichts von seinen Fähigkeiten. Ich bin nur jener andere, und ich bin nur mit ihm befaßt und mit dem, was *er* gerade tut. Ich denke das gleiche, was er gerade denkt. Wenn ich in dieser Zeit als Person, als Körper sozusagen, neben Ihnen sitze, können Sie mich berühren, ohne daß ich dessen gewahr werde. Sie können mir sogar Schmerzen zufügen – das ist schon ausprobiert worden –, ich empfinde nichts. Die Zeitspanne, in der ich zu solcher Identifikation mit einem anderen Menschen fähig bin, ist verhältnismäßig kurz, aber ausreichend. Wenn sie vorüber ist, bin ich wieder ich selbst. Ich kann mich dann auch daran erinnern, was mit mir vorging, und kann darüber sprechen. Eine Sitzung läuft im großen und ganzen so ab, wie ich sie Ihnen hier beschreibe."

„Und bis zu welchem Grade behalten Sie Kontrolle über die Situation?" fragte Jean interessiert.

„Ich kann sie heraufbeschwören, ich kann es aber auch bleiben lassen. Ich trete nicht aus mir heraus, ohne daß ich das selbst wünsche. Das sind die Grenzen der Kontrollierbarkeit, bis zu denen ich gehen kann. Wenn der Prozeß allerdings einmal begonnen hat, dann habe ich keinen Einfluß mehr auf den Verlauf."

„Aber gehen Sie nicht das Risiko ein, daß Sie eines Tages in der Person eines anderen bleiben und Sie nicht wieder Sie selbst werden können? Ich will Sie mit dieser Frage nicht beunruhigen, aber..."

Litton lachte. „Nein, ich weiß genau, daß das nie passieren wird, obwohl ich nicht begründen kann, warum ich da so sicher bin. Die Situation an sich kann ja nicht viel länger als höchstens fünf Minuten dauern. Sie hat noch nie länger gedauert, obwohl sie auch nie kürzer anhielt als drei

Minuten."

„Sie sagen, daß Sie während dieser Zeit denken, wie eben der andere denkt und auch so reagieren. Stimmt das?"

„Ja – das ist richtig."

„Sind Sie sich dessen ganz sicher? Wir möchten, wenn wir Sie verpflichten, sehr genaue Auskünfte über jemanden einholen, wir möchten Einzelheiten erfahren, an die wir normalerweise nicht herankommen, und zwar ganz spezielle Einzelheiten. Können Sie uns versichern, daß wir genau das erfahren, worum es uns geht?"

„Sie können sich auf mich verlassen", erklärte Litton. „Die Gedanken des Menschen sind sehr verzweigt und verästelt, wenn ich das mal so sagen darf. Sie sind so gestaffelt, daß sie dem Denkenden oft gar nicht bewußt sind. Wenn der Kontakt einmal hergestellt ist, erhalte ich erst einen Gesamteindruck von der betreffenden Person, in die ich geschlüpft bin, und dann kann ich genau jene Gedanken und Absichten aufnehmen, um die es geht. Die vom Auftraggeber gewünschten Einzelheiten teilen sich mir in jedem Falle mit."

„Und was ist, wenn Sie sie einmal nicht aufspüren können?"

„Dann versuche ich es nochmals mit einem anderen Kontaktgegenstand. Es war schon einmal so, daß ich mit drei verschiedenen Kontaktobjekten arbeiten mußte, bevor ich die Informationen erhielt, die mein Klient haben wollte. Für solche zusätzlichen Kontaktaufnahmen berechne ich keine gesonderten Gebühren."

Jean Merriam überlegte einen Augenblick. „Na schön", sagte sie schließlich. Sie hielt eine kleine Schachtel in der Hand, öffnete sie und nahm einen Ring heraus, den sie Litton übergab. „Die Person, an der unsere Organisation interessiert ist, hat diesen Ring noch vor vier Wochen getragen. Seitdem befand sich der Ring in einem Safe. Der Safe wurde gestern geöffnet, der Ring wurde herausgenommen und in diese kleine Schachtel getan. Was meinen Sie, ist dies ein passender Kontaktgegenstand?"

Litton legte den Ring in seine Handfläche und erwiderte nach einer Weile: „Phantastisch."

„Sie können allein durch Berührung mit diesem Gegenstand schon etwas erspüren?"

„Grundsätzlich", erwiderte Litton, „wäre es nur Zeitverschwendung, wenn ich weitermachen würde, ohne etwas zu spüren. Wenn ich keine Empfindung habe oder aber wenn Sie negativ ist, höre ich auf."

„Eine negative Empfindung?"

Litton zog leicht die Schultern hoch. „Ja, da ist dann etwas, was mich abstößt. Ich kann Ihnen nicht genau beschreiben, was ich damit meine."

„Heißt das, daß die betreffende Person Sie eventuell abstößt?"

„Nein, nicht unbedingt. Ich habe sehr gut gearbeitet bei Menschen, die mir nicht unbedingt sympathisch waren. Das stört den Ablauf nicht. Das Gefühl, das ich erwähnte, ist etwas völlig anderes."

„Versetzt es Sie in Angst?"

Er lächelte. „Wie auch immer – in diesem Fall hier ist das nicht so. Haben Sie sich jetzt dafür entschieden, mir den Auftrag zu erteilen?"

„Ja, das habe ich. Mir ist im übrigen selbst nichts Genaues über die Person gesagt worden, die diesen Ring getragen hat. Da nur sehr wenig Männer derartige Ringe mögen und Kinder im allgemeinen ja keinen wertvollen Schmuck tragen, muß ich annehmen, daß es sich in unserem Fall um eine Frau handelt. Ich weiß nicht einmal das genau. Mir wurden keine Details angegeben, damit ich Ihnen – möglicherweise durch Gedankenübertragung – keine ungewollten Hinweise geben kann. Sie sehen, selbst wenn Sie Gedankenleser wären, könnten Sie von mir und durch mich nichts erfahren. Wir möchten sicher sein, daß Ihre Begabung wirklich echt ist."

„Ich verstehe", erwiderte Litton. „Aber Sie müssen doch wissen, welche Art von Information Ihre Organisation gerne hätte."

Jean Merriam nickte. „Ja, das habe ich. Wir möchten herausbekommen, wo wir diese Person finden können, außerdem wollen wir auch ihren Namen wissen. Die Ortsbeschreibung sollte ziemlich genau sein. Außerdem wollen wir über den persönlichen Hintergrund dieses Menschen Genaueres erfahren, über seine Neigungen, Interessen, seine augenblicklichen Aktivitäten und über den Personenkreis, mit dem er oder sie in Verbindung steht. Je mehr Einzelheiten Sie uns mitteilen können, desto besser. Erscheint Ihnen das zu schwer, oder glauben

Sie, daß Sie es schaffen können?"

„Das ist für mich kein Problem", entgegnete Litton. „Um die Wahrheit zu sagen, es überrascht mich, daß Sie nicht mehr wollen. Sind Ihnen diese Informationen wirklich zehntausend Dollar wert?"

„Mir ist gesagt worden", antwortete Jean Merriam, daß das eine Menge mehr wert sei als zehntausend Dollar, allerdings nur dann, wenn wir die Auskünfte allesamt innerhalb der nächsten vierundzwanzig Stunden bekämen."

„Ach so!" Litton setzte sich bequem in seinem Stuhl zurecht und legte die Hände um den Ring, wobei er ihn zwischen seine Handflächen einschloß. „Also, Miss Merriam, wenn Sie nichts dagegen haben, werde ich jetzt den Kontakt herstellen."

„Keine speziellen Vorbereitungen?" fragte sie.

„Nein, nicht in diesem Fall." Litton wies mit einer Kopfbewegung auf eine Art Alkoven an der Rückwand des Raumes. „Das ist die Ecke, in die ich mich zurückziehe, wenn ich das Gefühl habe, daß besondere Schwierigkeiten zu erwarten sind. Wenn der Kontakt beispielsweise besonders schwer herzustellen ist. In solchen seltenen Fällen ziehe ich mich in den Alkoven zurück, um mich besser konzentrieren zu können. Beobachter stören mich dann, ich muß allein sein. Abgesehen davon brauche ich keine Vorbereitungen irgendwelcher Art."

„Um welche Schwierigkeiten handelt es sich da?" wollte Jean Merriam wissen.

„In der Hauptsache um den Sog, den andere Personen, die ich nicht erforschen soll, auf mich ausüben. Auch wenn ein Kontaktgegenstand an und für sich gut ist, kann er durch Verbindungen, die er mit anderen Menschen hatte, getrübt oder gestört sein. Dann entsteht sozusagen ein Mehrfacheindruck. In so einem Fall ist es die stärkere Anziehung, die von diesem Kontaktgegenstand ausgeht, welche mir zu schaffen macht. Aber bei dem Ring hier handelt es sich um den direkten Besitzer. Da ist nur eine Kraft wirksam. Im übrigen wäre es gut, wenn Sie das jetzt Folgende auf Tonband aufnehmen würden."

Jean Merriam klopfte auf ihre Handtasche. „Ich habe bereits unsere ganze Unterhaltung auf Tonband aufgenommen, Mr. Litton."

Er schien über diese Eröffnung nicht erstaunt. „Das tun fast alle meine Klienten", sagte er. „Also schön, beginnen wir."

„Und wie lange brauchte er, bis er all das hier von sich gegeben hatte?" fragte Nick Garland.

„Vier Minuten und zweiunddreißig Sekunden", erwiderte Jean Merriam.

Garland schüttelte ungläubig den Kopf. Er nahm den Bericht, den sie vom Rekorder abgetippt hatte, vom Schreibtisch und blätterte nochmals darin. Jean beobachtete ihn mit ausdruckslosem Gesicht.

Garland war ein grauhaariger Bär von einem Mann, der im Augenblick geradezu furchteinflößend wirkte. Stumm legte er den Bericht zurück und trommelte mit den Fingern der linken Hand auf die Schreibtischplatte. „Ich kann es immer noch kaum glauben", sagte er schließlich. „Aber ich muß es wohl. Dieser Mann hatte den Ring von Caryl Chase nur ein paar Minuten lang in der Hand und kann daraufhin genug erzählen, um damit fünf Schreibmaschinenseiten zu füllen. So war's doch, oder?"

Jean Merriam nickte. „Ja, so war es. Roy Litton sprach so über diese Frau, als ob er sie die Hälfte seines Lebens schon persönlich gekannt hätte. Er zögerte nicht ein einziges Mal. Beeindruckend daran war, daß er nicht einen Augenblick nachdachte. Er sprach so, als wisse er alles ganz genau."

Garland grunzte. „Max wußte, daß das so ablaufen würde." Er blickte zu dem Mann hinüber, der an der linken Seite des Schreibtisches stand. „Max, erzähl's mal Jean. Wie genau ist Litton in dieser Hinsicht?"

„Nachdem wir die Dinge überprüft haben und das alles schon im voraus wußten, können wir es auch beurteilen. Der Kerl ist absolut genau und zuverlässig."

„Was konntet ihr herausfinden?" wollte Jean wissen.

Max Jewett berichtete: „Der Ring gehört Caryl Chase. Sie ist zweiunddreißig Jahre alt, ist die Frau von Phil Chase und hat sich vor kurzem von ihm getrennt. Sie ist im Hotel *Arve* in Genf abgestiegen und hat dort eine ziemlich unerfreuliche Gelegenheitsaffäre mit einem William Haskell, einem britischen Ski-As. Er ist enorm eifersüchtig, und sie haben eine Menge Krach miteinander. Caryl vermutet, daß Phil ihr ein paar Detektive auf die Fährte gesetzt hat, und darin irrt sie sich nicht.

Ihre Tochter Elly ist mit Freunden von Caryls Eltern in London. Sie ist sozusagen versteckt worden, damit der Vater nicht an sie ran kann. Litton hatte vollkommen recht, was den Ring anbetraf. Caryl hat ihn an ihrem fünfundzwanzigsten Geburtstag von ihrer Großmutter geschenkt bekommen und ihn seitdem auch ständig getragen. Als sie ihrem Mann davonlief, zog sie den Ring ab und deponierte ihn in einem Safe. Littons Feststellung, daß der im Safe zurückgelassene Ring ein Symbol dafür ist, daß sie mit ihrem ganzen früheren Leben brechen will, scheint mir einleuchtend zu sein." Max Jewett zuckte die Achseln. „Das wär's. Ihr Psychoanalytiker ist vielleicht in der Lage, festzustellen, ob das, was du da sonst noch abgetippt hast, stimmt. Wir können das nicht beurteilen."

Garland knurrte: „Das brauchen wir auch nicht. Im Augenblick haben wir genug bekommen."

Jean wechselte einen Blick mit Max Jewett. „Sie haben wohl auch das Gefühl, daß Littons Begabung echt ist, Mr. Garland?" fragte sie.

„Das ist sie. Nur Max und ich wissen, daß wir ihn mit Caryl bloß getestet haben. Wenn er nicht diese unglaublichen Fähigkeiten hätte, hätten Sie dies alles ganz gewiß nicht auf Band bekommen. Er konnte nicht vorab gewußt haben, was mit Caryl los ist." Garland lächelte verkniffen. „Man hätte glauben können, Max sei die Petersilie verhagelt, als er mir erzählte, daß Phleger seine Auskünfte vermutlich von einem indischen Fakir bekommen hätte, so bis aufs i-Tüpfelchen genau stimmten sie. Also, das steht fest, Phleger hat Litton dazu gekriegt, mich anzuzapfen. Das muß vor etwa zwei oder drei Monaten gewesen sein. Er brauchte die Zeit, um seine Pläne zu realisieren."

„Und wieviel haben Sie dabei verloren?" fragte Jean.

„Na, ungefähr vier oder fünf Millionen. Ich weiß es noch nicht so genau. Aber das ist es ja gar nicht, was mich so wahnsinnig dabei ärgert." Garland kniff den Mund zusammen und starrte vor sich hin.

Jean Merriam beobachtete ihn schweigend. In diesem massigen Schädel waren Informationen gespeichert, wie sie sonst nur im Computer einer Zentralbank zu finden waren. Nick Garlands Gehirn war tatsächlich ein strategischer Computer, eine wandelnde juristische Bibliothek. Garland war Multimillionär, ein brutales Genie, einzig in seiner Art. Ein Tiger im Dschungel der Großfinanz, einem Dschungel, den er beherrschte, ohne daß seine Existenz darin besonders spürbar für andere geworden wäre. Aber hinter dem Geheimnis, mit dem er sich umgab, lag der Schatten seiner starken, unangreifbaren Persönlichkeit. In den sechs Jahren, in denen Jean jetzt schon für ihn arbeitete, hatte sie niemals erlebt, daß er einen Rückschlag erlitten hätte. Aber wenn sie sich mit ihrer Vermutung bezüglich Phleger und Litton nicht irrten, dann war dies ein ungeheurer Rückschlag. Garlands Gehirn war „geöffnet" worden. Seine Pläne hatten bloßgelegen und waren von einem anderen genutzt und ausgebeutet worden, einem anderen Tiger, nicht ganz so stark wie Garland, aber doch fähig, schnell und lautlos an seine Beute zu kommen. Die Beute hatte er bereits. Jean wartete ab, was jetzt erfolgen würde.

Schließlich sagte Garland, den Blick immer noch starr ins Leere gerichtet: „Hat Litton Ihnen die Story abgenommen, wir seien so etwas wie eine Detektei?"

„Er schien jedenfalls nicht daran zu zweifeln", erwiderte Jean. „Ich hatte überhaupt den Eindruck, daß es ihm ganz einerlei ist, wer ihn beauftragt und zu welchem Zweck."

„Er spioniert also nur für Geld in jedermanns Hirn herum?" Es war eine empörte Frage.

„Ja, warum auch nicht! Aber was wollen Sie jetzt machen?"

Garland zuckte die Achseln. „Max versucht, Verbindung zu Phleger zu bekommen."

Jean blickte fragend zu Jewett hinüber, und dieser sagte zu ihr: „Keiner hat auch nur die geringste Ahnung, wo sich Frank Phleger während der letzten drei Wochen aufgehalten hat. Wir nehmen an, daß er sich vorsichtig zurückgezogen hat, um einer möglichen Vergeltung von unserer Seite aus zu entgehen. Aber wir glauben, daß wir ihm auf den Fersen sind."

„Ach so", murmelte Jean, und es war ihr unbehaglich dabei zumute. Die beiden Tiger vermieden die direkte Auseinandersetzung. Das war ihre Taktik. Und wenn sie zum Kampf gegeneinander antraten, dann geschah das ohne jedes Reglement.

„Na gut – wir wollen noch drei Tage abwarten“, sagte Garland nun und wandte sich um. Jean sah, daß er ironisch zu ihr herüberblickte. Er schien aus seiner Versunkenheit aufgetaucht und wieder ganz der Alte zu sein.

„Rufen Sie Litton morgen an“, trug er ihr auf. „Sagen Sie ihm, der Chef Ihrer Detektei wolle ihn persönlich sprechen. Sagen wir, in drei Tagen, so gegen zehn Uhr vormittags.“

Jean nickte. „Litton könnte von enormem Nutzen für Sie sein, Mr. Garland“, meinte sie nachdenklich.

„Das könnte er“, stimmte Garland zu. „Wie auch immer – ich möchte diese Zaubervorstellung jedenfalls selbst und mit eigenen Augen sehen. Er soll noch mal einen Auftrag bekommen.“

„Soll ich Sie dabei begleiten?“

„Ja, Sie kommen mit, Jean, Max auch.“

„Ich habe das merkwürdige Gefühl“, sagte Roy Litton, „daß ich Sie schon mal getroffen habe.“

„Das haben Sie auch“, meinte Garland liebenswürdig.

Litton runzelte die Stirn und schüttelte verwirrt den Kopf. „Es ist seltsam, daß ich vergessen haben sollte, bei welcher Gelegenheit das war.“

„Mein Name ist Nick Garland“, stellte Garland sich vor.

Immer noch stirnrunzelnd blickte Litton seinen Besucher über den Tisch hinweg an. Und plötzlich wurde er blaß. Jean Merriam beobachtete, wie Littons Blick zwischen ihr und Jewett hin und her ging und schließlich zögernd auf Garlands Gesicht haften blieb. Garland nickte, ohne eine Miene zu verziehen.

„Ich war eines Ihrer angepeilten Ziele, Mr. Litton", erklärte Garland. „Ich kann Ihnen auch sagen, wann das war. Vor ungefähr zwei oder drei Monaten. Erinnern Sie sich jetzt?"

Litton schüttelte den Kopf. „Nein, wenn soviel Zeit vergangen ist, kann ich mich nicht mehr so genau erinnern. Das konnte ich noch nie. In keinem Fall. Die Erinnerungen an diese Kontakte verschwinden sehr bald." Littons Stimme war die eines Mannes, der auf der Hut ist. Er hielt den Blick auf Garland gerichtet. „Dennoch – als Person schienen Sie mir auf Anhieb vertraut. Auch Ihr Name ist mir irgendwie bekannt. Es ist durchaus möglich, daß da ein Zusammenhang besteht."

„Ich war Ihre Kontaktperson", bestätigte Garland nochmals. „Das steht fest, und darum sind wir auch hier."

Litton räusperte sich. „Dann stimmt die Geschichte, die mir Miss Merriam erzählte, also gar nicht?"

„Nicht ganz", gab Garland zu. „Mit diesem Probeauftrag, den Jean mit Ihren durchführte, vertrat sie keine Detektei, sie handelte vielmehr auf meine Weisung hin. Sie sollte in Erfahrung bringen, ob Sie wirklich über die Begabung verfügen, von der man spricht. Es wurde uns durch Ihre Leistung bestätigt. Mr. Litton, ich bin durch Sie eine Menge Geld losgeworden. Aber das bekümmert mich insofern wenig, als ich es nunmehr mit Ihrer Hilfe zurückgewinnen werde. Und noch einiges mehr. Verstehen Sie jetzt?“

Erleichterung und Besorgnis wechselten in Littons Gesichtszügen. Dann sagte er: „Ich begreife.“

„Natürlich bekommen Sie Ihr reguläres Honorar. Ich muß Ihnen sagen – Sie verlangen nicht einmal genug Geld. Was Sie zu bieten haben, ist mehr wert als zehntausend Dollar. Das, was Sie zum Beispiel Frank Phleger gegeben haben, war ein Vielfaches mehr wert.“

„Frank Phleger?“ fragte Litton.

„Das war der Kunde, der Sie dafür bezahlt hat, daß Sie mich anzapfen. Natürlich hat er Ihnen seinen richtigen Namen nicht gesagt. Aber das ist jetzt auch egal. Lassen Sie uns jetzt zu dem ersten offiziellen Auftrag kommen, den Sie für mich ausführen sollen. Und zwar zu normalen Bedingungen. Dies ist kein Test mehr. Sie sollen mir wichtige Informationen verschaffen, die ich nur von Ihnen bekommen kann, okay?“

Litton nickte lächelnd. „Haben Sie einen passenden Kontaktgegenstand?“

„Ja, wir haben etwas mitgebracht, das wohl geeignet sein dürfte“, erwiderte Garland. „Max, gib Mr. Litton den Gürtel.“

Jean Merriam blickte über die Schulter zu Jewett hinüber. Garland hatte ihr nicht gesagt, was er von Litton wollte. Er hatte nichts Genaues verlauten lassen, aber sie hatte jedenfalls schon mal den Kassettenrekorder in ihrer Handtasche auf Empfang gestellt. Jewett nahm jetzt einen großen Umschlag aus seinem Aktenkoffer und legte ihn vor Litton auf den Tisch.

„Können Sie mir bitte Genaueres sagen, was Sie über die Person, um die es hier geht, wissen wollen?“ erkundigte sich Litton.

„Um mal einen Anfang zu machen“, meinte Garland, „teilen Sie uns doch alles mit, was Sie in Erfahrung bringen können. Ich bin an allgemeinen Auskünften interessiert, nichts Besonderes im einzelnen.“

Litton nickte, öffnete den Umschlag und zog einen Herrengürtel mit großer Silberschnalle heraus.

„Mr. Garland“, sagte Litton, „vielleicht hat Miss Merriam Ihnen erzählt, daß ich manchmal Kontaktobjekte in die Hand bekomme, die ich nicht benutzen kann. Leider ist dieser Gürtel ein solches Objekt.“

„Was meinen Sie damit? Warum können Sie den Gürtel nicht benutzen?“ fragte Garland.

„Ich weiß es nicht. Es kann mit dem Gürtel an sich zusammenhängen. Es kann auch mit der Person zu tun haben, die ihn getragen hat.“ Litton fuhr mit den Fingerspitzen leicht über den Gürtel. „Ich habe einfach ein höchst unangenehmes Gefühl, wenn ich mich auf diesen Gürtel zu konzentrieren versuche. Er stößt mich ab.“ Er lächelte, wie um Verständnis bittend. „Ich fürchte, ich muß es ablehnen, damit zu arbeiten.“

„Na schon“, meinte Garland. „Ich höre das natürlich nicht gerne. Sie haben mich schon eine Menge gekostet. Das wissen Sie. Ich bin bereit, das Ganze zu vergessen, aber ich hoffe, daß Sie mir Ihrerseits auch entgegenkommen."

Litton blickte ihn an und schluckte. Man sah, daß er verlegen war.

„Ja", meinte er zögernd. „Ich versichere Ihnen, daß ich kooperativ sein werde. Hätten Sie vielleicht noch einen anderen Auftrag?"

„Nein", entgegnete Garland. „Ich will jetzt Informationen von Ihnen haben, und zwar genau über diese Person, über niemanden sonst. Ich finde es bedauerlich, daß Sie mit diesem Gürtel nicht arbeiten wollen. Aber das ist Ihr Problem. Ich habe eine Menge Schwierigkeiten gehabt, um überhaupt in den Besitz dieses Gürtels zu gelangen. Lassen Sie es mich klar sagen, Mr. Litton. Sie schulden mir für mein Geld die Information, die ich von Ihnen fordere, und ich finde, es wäre besser, wenn Sie jetzt damit beginnen."

Garlands Stimme blieb ruhig, aber die Drohung, die darin mitschwang, war nicht zu überhören. Der Tiger trat in diesem Moment aus dem Dschungel, und Jean bekam feuchte Handflächen. Sie sah, wie Litton erbleichte.

„Ja, vemutlich haben Sie recht, und ich schulde es Ihnen", sagte Litton nach einer Weile. Wieder zögerte er. „Aber es ist nicht leicht für mich", fuhr er fort.

Garland fauchte: „Sie bekommen zehntausend Dollar für ein paar Minuten Arbeit."

„Das ist es nicht. Ich..." Litton schüttelte hilflos den Kopf und erhob sich. Er wies auf den Alkoven im

Hintergrund des Zimmers. „Ich werde mich dorthin zurückziehen. Es ist das einzige, was ich in diesem Fall tun kann. Es stört mich, wenn ich bei diesem besonders schwierigen Versuch von drei Menschen beobachtet werde."

„Werden Sie die Informationen bekommen?" fragte Garland.

Litton blickte ihn an und sagte dumpf: „Ich erhalte immer Informationen." Er nahm den Gürtel, ging zu dem Alkoven hinüber und verschwand hinter dem Vorhang.

Garland wandte sich Jean Merriam zu. „Schauen Sie auf die Uhr", sagte er.

Sie nickte und blickte auf ihre Armbanduhr. Tiefe Stille herrschte im Raum. Jean empfand auf einmal eine unbeschreibliche Bedrückung, die sich bleiern auf sie senkte. Es war, als verdunkle sich der Raum. Sie spürte es deutlich. Nick haßt diesen Menschen, dachte sie. Ob er vorhat, ihn zu töten?

Sie bemühte sich, diesen Gedanken zu verdrängen, und beobachtete statt dessen den Sekundenzeiger der winzigen kostbaren Armbanduhr, die sie am Handgelenk trug. Nach einer Weile, währenddessen Garland sie unentwegt im Auge behalten hatte, blickte sie auf und flüsterte: „Drei Minuten und zehn Sekunden."

Er nickte.

Hinter dem Vorhang des Alkovens erklang ein merkwürdiges Geräusch, durchbrach die Stille und ließ Jean vor plötzlicher Furcht erschauern. Sie versuchte, sich zu beruhigen und sich einzureden, daß vielleicht ein Möbelstück, ein Stuhl oder ein kleiner Tisch umgefallen sei. Aber während sie noch überlegte, warum Litton ein Möbelstück umgestoßen haben könnte, öffnete sich der Vorhang des Alkovens. Litton trat taumelnd heraus, blieb eine Weile verstört auf einem Fleck stehen. Er schien halb betäubt, wie ein Mann, der auf den Kopf geschlagen wurde und sich nicht ganz sicher ist, was vorgefallen war. Sein Mund bewegte sich lautlos. Seine Lippen verzogen sich, als versuche er Worte zu formen, die er nicht aussprechen konnte. Plötzlich machte er eine rasche Bewegung vorwärts. Jean dachte zuerst, er träte an den Tisch zurück, aber er eilte mit großen Schritten daran vorbei, schien die Anwesenden überhaupt nicht zu beachten. Dann sah sie, wie er, fast rennend, der offenen Balkontür zustrebte und auf den Balkon hinaustrat. Während die Besucher noch wie erstarrt auf ihren Stühlen saßen, schwang sich Litton über das Geländer und sprang ins Leere.

Die Limousine fuhr vom Hochhaus weg, durch den sonnigen Park. Jewett steuerte den Wagen. Jean und Garland saßen schweigend im Fond. Nirgendwo ertönte eine Sirene. Nirgendwo gab es auch nur das geringste Zeichen von Aufregung. Offenbar war niemand Augenzeuge geworden. Niemand schien gesehen zu haben, daß vor ein paar Minuten ein Mann aus dem achtzehnten Stock des Apartmenthauses in die säuberlich gestutzten Büsche des Parks hinuntergesprungen war.

„Sie hätten sich seiner Fähigkeiten bedienen können", sagte Jean. „Er hätte von unglaublichem Wert für Sie sein können, mehr als jeder andere Mensch in der Welt, aber Sie haben von Anfang an vorgehabt, ihn zu töten. Stimmt das?"

Garland schwieg eine Weile. Dann sagte er: „Schön – ich hätte mich seiner bedienen können. Aber jeder andere hätte das auch gekonnt, womöglich durch Erpressung. Ich wünsche nicht, daß mir ein Mann wie Litton im Wege steht. Jeder kann sich seiner bedienen. Phleger tat es auch, und ich will nicht, daß sich das wiederholt."

„Das hätte doch Max von Fall zu Fall verhindern können", meinte Jean und versuchte das Zittern ihrer Hände zu unterdrücken, indem sie sie fest um ihre Tasche preßte. „Wie haben Sie es bloß geschafft, daß Litton sich umbrachte?"

Garland schüttelte den Kopf. „Es war von mir aus gar nicht vorgesehen, daß er sich selbst umbrachte. Max sollte sich erst anschließend um ihn kümmern."

„Aber Sie haben ihm doch irgend etwas angetan."

Garland holte tief Luft. „Ich war nur ein bißchen neugierig. Manchmal bin ich eben neugierig. Deshalb stellte ich ihm diese Aufgabe."

„Welche Aufgabe? Was steckte dahinter? Er war für drei Minuten eine andere Person. Was ist ihm zugestoßen?"

Garland wandte ihr langsam den massigen Schädel zu. Sie konnte feststellen, daß sie ihn zum erstenmal blaß bis an die Lippen sah.

„Es war Frank Phlegers Gürtel", sagte er. „Maxens Leute haben Phleger gestern nacht aufgespürt. Er ist seit acht Stunden tot."

Die Rache

Der Mensch kann vergessen. Er kann fast alles vergessen. Aber was dieser Mann in seiner Kindheit erlebt hatte, war ihm jeden Tag wieder gegenwärtig. Es ließ sich nicht vergessen. Der Wunsch, vergessen zu wollen, und die Verpflichtung, niemals vergessen zu dürfen, lagen schon in dem Knaben miteinander in Widerstreit. Es war eine einzige Selbstquälerei.

Mittlerweile war David fünfundzwanzig Jahre alt geworden. Die Erinnerung an jenes schreckliche Ereignis hatte ihn keinen Moment seines Lebens verlassen – elf Jahre lang.

Er war vierzehn Jahre alt gewesen und so verliebt, wie man es eben mit vierzehn sein kann. Es war eine Schulromanze, scheu und voller Sehnsucht. Das kleine Mädchen hieß Estelle. Sie war ein bildhübsches Kind, mit blondem Haar und einem ernsten, kleinen Gesicht. Natürlich hatte David alles vermieden, was seine Freunde hätte wissen lassen, wie sehr er verliebt war. So trafen sie sich immer nur heimlich. Meistens in dem kleinen Gärtchen hinter dem Hause ihrer Eltern. Dort spielten sie auf dem Rasen oder kletterten hoch hinauf in den Birnbaum, wo Estelle sich auch manchmal versteckte, um ihn zu necken. Oft saßen sie auch zusammen auf dem Damm hinter dem Garten und sahen den vorbeifahrenden Zügen zu. In diesem Sommer war er so unendlich verliebt gewesen. Er würde diesen Traum aus Duft und Sonne nie mehr vergessen können. Nie.

Traurig und voller Verlangen, Rache nehmen zu können, erinnerte er sich jenes gewitterschwülen Sommernachmittages, an dem sich dunkle Wolken am Himmel ballten. Sie waren miteinander verabredet gewesen. Ihre Eltern würden nicht da sein, hatte sie ihm gesagt. So könnten sie, wenn es zu regnen anfinge, im Hause bleiben und ihr Grammophon spielen lassen. Er war, nichts Böses ahnend und unbeeindruckt von den aufziehenden schwarzen Wolken, die sich binnen kurzem über dem Städtchen entladen würden, von zu Hause weggerannt. Um den Weg abzukürzen, war er durch die kleinen, ulmenbestandenen Seitengassen gelaufen. Die Kronen der Bäume hatten sich im beginnenden Gewittersturm gebogen, und die Luft war voller Rauschen gewesen. Gerade als er ihren Garteneingang erreichte, brach das Gewitter los. Er rief laut ihren Namen.

Doch bevor er sie sah, erblickte er den Mann, der sich rücksichtslos einen Weg durch die Büsche brach, durch das fast undurchdringliche Brombeergestrüpp hinter dem

Haus, das sich noch den Hang des Bahndammes hinunterzog, dort, oberhalb des Schienenweges, wo täglich die langen Güterzüge entlangfuhren. Der Mann hielt ihm das Profil zugewandt, ein finsteres, unangenehmes Gesicht, das er schon einmal irgendwo in der Nachbarschaft gesehen haben mußte. Gleichzeitig mit dem aufflammenden Blitz tauchte der Name des Mannes in seiner Erinnerung auf. Der Donner krachte, und die Regenflut brach los.

Und dann sah er sie. Im ersten Moment dachte er, sie mache sich einen Scherz mit ihm. Sie lag im Gras, den Kopf ihm zugewandt und die Augen offen, den Blick direkt auf ihn gerichtet. Aber es sah merkwürdig verkrampft und unwirklich aus. Und dann blitzte es wieder, und er schrie ihren Namen hinaus. Ihre Augen glänzten im Aufleuchten des Blitzes wie mattes Perlmutter, und sie bewegte sich nicht, als nun der Regen erbarmungslos auf sie herniederprasselte. Unterhalb des Bahndammes hörte er durch den Gewittersturm hindurch das dumpfe Rollen eines vorbeifahrenden Güterzuges.

Voll panischen Entsetzens rannte er nach Hause. Als er völlig durchnäßt vom Regen ins Haus stürmte, hielten seine Eltern die Tränen für herabrinnende Regentropfen.

Er lief die Treppe hinauf in sein Zimmer. Dort saß er zitternd und versuchte sich zu erinnern, um zu begreifen, was geschehen war. Er ging zum Telefon und rief die Polizei an, hielt den Hörer mit beiden Händen ans Ohr gepreßt, bis das Freizeichen von einer Stimme unterbrochen wurde: „Hier Polizeiwache..."

„Hallo“, sagte er hilflos, „ich wollte nur sagen, daß Estelle Sampson ... ein Mann hat sie heute nachmittag ermordet...“ Er bekam Angst vor seinen eigenen Worten, warf den Hörer auf die Gabel und rannte zurück in sein Zimmer.

Und dann sagte er zu niemandem mehr etwas. Er war voller Angst, er könne in das Schreckliche mit hineingezogen werden. In seiner kindlichen Phantasie malte er sich die fürchterlichsten Verfolgungsjagden aus, die auf ihn zukommen könnten, speziell deswegen, weil er Keller unbehelligt hatte entkommen lassen. Als die Polizei auch in das Haus seiner Eltern kam, um den Klassenkameraden von Estelle zu vernehmen, gab er an, er habe an jenem Gewitternachmittag des Regens wegen des Haus gar nicht verlassen. Er bestritt, daß er es gewesen sei, der die Polizei angerufen habe. Sie glaubten ihm, und der Mord an dem kleinen Mädchen blieb ungesühnt. Das niedergetretene Gebüsch hinter dem Hause blieb die einzige Spur. Sie führte nicht weiter. Da ganz offensichtlich in das Haus der Sampsons eingebrochen worden war, nahm man an, daß das kleine Mädchen den Eindringling überrascht und dafür mit seinem Leben bezahlt hatte.

In den Wochen danach ging David ziellos und voller Trauer durch die Straßen und machte sich bittere Vorwürfe. Fast hatte er das Gefühl, durch sein Schweigen zum Komplizen des Mörders geworden zu sein. Die Hoffnung, die er insgeheim hatte, Keller, der zuvor überall zu sehen gewesen war, jetzt noch aufzuspüren, erwies sich als trügerisch.

Die Erinnerung an die verlorene Liebe wurde zum Dorn, der durch seine Seele drang, zum Grabstein mit unauslöschlich gemeißelter Inschrift, der seine ganze Vorstellung beherrschte. Er war wie besessen.

Eine Zeitlang herrschte wegen des Mordes noch Aufregung im Städtchen. Bald darauf begann die Schule wieder, und seine Klassenkameraden sprachen von nichts anderem. Aber David hielt sich von diesen Gesprächen fern.

Doch allmählich schwand das Interesse an der Sensation. Die Menschen vergaßen, was geschehen war. Nur in Davids Erinnerung blieb alles grausam lebendig. Er mußte unentwegt an das Geschehene denken. Ihm erschien es, als sei damit sein Leben ein für allemal verpfuscht. Die Gedanken daran waren wie dunkle Schleier, die in seine Träume wehten und seine ganze Existenz zu verdüstern drohten.

Je älter er wurde, desto deutlicher wurde ihm klar, daß er zum Zeitpunkt des Mordes wider besseres Wissen geschwiegen und der Gerechtigkeit durch seine eigene Schuld nicht zum Zuge verholfen hatte. Er hatte sich als Augenzeuge nicht der Polizei offenbart – nur weil er Angst gehabt hatte.

Er lebte wie bisher bei seinen Eltern in Capstone. Nach dem Schulabgang nahm er eine Arbeit in einer Fabrik der Stadt an. Er stieg vom Arbeiter zum Vorarbeiter auf, und da er Tag für Tag an der Maschine stand, die ihm nicht viel Konzentration abforderte, konnte er nichts anderes tun, als während der Arbeit über die Vergangenheit nachzudenken, natürlich speziell über das, was sein Leben so grundlegend verändert hatte. Er bekam Schwierigkeiten an seiner Arbeitsstelle, weil er mit seinen Gedanken stets abwesend war. Nach der Arbeit pflegte er sofort nach Hause zu gehen. Seine Freizeit und seine Wochenenden wurden genauso stumpfsinnig wie seine Arbeit, monoton und ohne Abwechslung. Weil er nur immer niedergedrückter Stimmung war, suchte er die Einsamkeit, um seine Depressionen möglichst noch zu vertiefen.

Nur selten einmal ging er mit einem Mädchen aus. Und niemals konnte er die gleiche tiefe Zuneigung empfinden, wie damals für Estelle. Er schien unfähig, irgendeine Bindung einzugehen, und so fuhr er fort, dem Verlorenen nachzutrauern. Und da das Haus seiner Eltern so nahe dem Hause lag, in dem der Mord geschehen war, bestand auch wenig Hoffnung, daß das Geschehene jemals aus seiner Erinnerung weichen würde. Immer und immer wieder tauchten die Bilder jenes düsteren Tages mit seinem Gewittersturm in seiner Vorstellung auf und quälten ihn. Im Laufe der Jahre wurde sein Schuldgefühl immer stärker und verdichtete sich zu dem Wunsch, Rache zu üben. Wann immer die Chance kam, er würde den Kerl umbringen!

Vermutlich wäre dieses schmerzliche Wühlen in der Vergangenheit für alle Zeiten so fortgegangen, hätte er nicht eines Tages Keller wiedergesehen. David war ziellos durch die Menge der Wochenendkäufer die Hauptstraße entlanggegangen, wobei er wieder nur an Estelle dachte, als sein Blick zufällig auf das Fenster eines Restaurants fiel. Da sah er dieses finstere, versteinerte Gesicht, das er nie vergessen hatte und nie vergessen würde, das ihm seit Jahren das Hirn zu sprengen drohte, seit elf langen Jahren. Er stand wie vom Donner gerührt und starrte Keller an, der ihn aus seiner Nische heraus genauso starr anblickte. David war es, als sei ein Alptraum wahr geworden, habe aus dem Dunkel heraus plötzlich Gestalt angenommen.

Während sie einander unentwegt starr und drohend in die Augen blickten, war es David völlig klar: Keller wußte, daß er, David, wußte. Keller wuße, daß David jener Knabe war, der ihm damals über den Weg lief.

Am gleichen Abend suchte David seinen Freund Roy auf, der gerade seine Ausbildung an der Polizeischule abgeschlossen hatte. Er fand ihn allein an der Bar eines Lokales sitzend, das als Stammlokal des Freundeskreises anzusehen war. David zog sich einen Barhocker heran und setzte sich dazu.

„Roy, erinnerst du dich an Estelle Sampson?“ fragte er unvermittelt.

„Der Name kommt mir bekannt vor. War das nicht jemand aus unserer Klasse?“ entgegnete Roy.

„Ja, sie wurde ermordet. Es ist schon ziemlich lange her. Länger als zehn Jahre.“

Roy nickte. „Jetzt erinnere ich mich. Sie wurde, glaube ich, erwürgt. Und man hat den Täter nie gefaßt. War es nicht so?“

„Genau. Genauso ist es. Und ich brauche einen amtlichen Rat von dir.

„Erzähl mir nicht, du willst nach so langer Zeit ein Geständnis ablegen", lachte Roy und griff nach seinem Glas.

„Ja, es ist wirklich eine Art Geständnis", erwiderte David nachdenklich. „Ich habe eine Unterlassung zu gestehen. Ich weiß nämlich, wer es war, und ich habe es immer schon gewußt."

Roy trank sein Glas aus und setzte es vor sich auf die Bar. Neugierig betrachtete er den Freund. „Ach, wirklich?"

„Ich habe den Mann gesehen."

„Wann?"

„Damals und jetzt, nach so langer Zeit, heute wieder. Er ist wieder in Capstone. Erinnerst du dich an einen Mann namens Keller? Das war ein Gewohnheitstrinker, der überall und nirgends in unserer Stadt herumstreunte. Ich glaube, es war ein entlassener Sträfling."

„Ja, ich weiß. Ein finsterer Bursche. Der ist wieder in der Stadt. Das stimmt. Ich habe ihn neulich selbst gesehen."

„Warum ist er zurückgekommen. Was glaubst du?"

„Also nun reg dich erst mal ab", sagte Roy und zündete sich stirnrunzelnd eine Zigarette an. „Laß uns das Ganze noch mal der Reihe nach durchgehen."

David erzählte ihm die Vorgänge jenes dunklen Regentages, wie er Estelle tot gefunden und Kellers Flucht durch den Garten beobachtet hatte, und wie der Mann über den

Bahndamm verschwunden war. Er, David, sei dann nach Hause gelaufen und habe, abgesehen von dem Anruf bei der Polizei, niemals mehr darüber gesprochen. „Und nun ist er wieder da", schloß David verwirrt und heftig. „Warum? Warum nur?"

„Wenn auch all das, was du mir da erzählt hast, stimmt, David, so wird es dir schwerfallen, den Beweis dafür anzutreten. Bist du dir auch wirklich sicher, daß Keller der gleiche Mann ist, den du vor so langer Zeit an einem gewitterdunklen Tag davonrennen sahst? Das wird man dich zuerst fragen. Und bist du sicher?"

„Meinst du, ich könnte das je vergessen haben?"

„Dennoch glaube ich nicht, daß du es wirklich nachweisen kannst", entgegnete Roy.

„Aber es muß doch irgend etwas unternommen werden", flüsterte David eindringlich. „Er ist ein Mörder. Er hat Estelle umgebracht. Du erinnerst dich ihrer nicht so, wie ich es tue. Sie war das entzückendste kleine Mädchen..."

„Mag ja alles sein, aber laß mich dir eines sagen, du hast keine stichhaltigen Beweise. Du hast dich auf etwas höchst Unerfreuliches eingelassen, das du nicht zu einem Ende bringen kannst."

„Na schön, vielleicht ist es zu spät, um das Gesetz einzuschalten. Aber eines steht fest – dieser Mann ist ein Mörder. Mag sein, ich kann es nicht beweisen, aber bedenke, ich *weiß*, was er tat. Und ich habe mich, weil ich damals nichts sagte, genauso schuldig gemacht. Weißt du, daß mich dieser Gedanke mein ganzes Leben lang verfolgt?"

„Laß dich zu nichts Unvernünftigem hinreißen, Dave. Man kann ihm nichts beweisen. Und wenn du Gesetz spielst, wird man dich dafür zur Verantwortung ziehen."

„Du verstehst mich nicht. Er ist zurückgekommen. Jetzt. Und morgen kann er schon wieder verschwunden sein, um nie mehr aufzutauchen. Dies ist die letzte Möglichkeit..."

„Und du bist sicher, daß es der gleiche Mann ist?"

„Ja, ich sah ihn doch durch den Garten davonlaufen, damals."

„Und wie willst du dann dieses Fortlaufen erklären? Keller hat schließlich nur ein Bein."

„Er hat nur ein Bein?" fragte David ungläubig.

Es stimmte. Zwei Tage später sah er Keller, wie er an Krücken die Avenue entlanghumpelte. Das rechte Bein war unterhalb des Knies amputiert.

In der Folge sah David Keller beinahe täglich, entweder stand er irgendwo auf der Straße herum, oder er hüpfte in ungeschickten Sprüngen an seinen Krücken durch die Stadt. David ließ ihn nicht aus den Augen. Keller, dem das auf die Dauer nicht entgehen konnte, starrte zurück. So blickten sie einander feindselig an.

Warum war Keller zurückgekommen? grübelte David, und diese Frage verfolgte ihn nachgerade. Aber es schien keine Antwort darauf zu geben. Warum hatte er nach all diesen Jahren das Risiko der Entdeckung auf sich genommen und war zurückgekehrt? Er mußte doch wissen, daß er damals beobachtet worden war, mußte sich doch an Davids Schreien erinnern. Fühlte er sich so sicher, war er so arglos, oder war er einfach dumm?

Je öfter David ihn sah, desto stärker spürte er den Drang in sich, das Mädchen zu rächen und vielleicht damit die eigenen brennenden Schuldgefühle zu lindern. Wenn die Polizei nach all den Jahren keine Gerechtigkeit mehr walten lassen konnte – würde er es selbst tun. Schließlich könnte Keller plötzlich über Nacht wieder verschwinden, und dann würde es zu spät sein. Durch seine täglichen Beobachtungen wurde David allmählich mit Kellers Gewohnheiten vertraut. Er hatte in Erfahrung gebracht, daß Keller zu bestimmten Zeiten in einer Gastwirtschaft nahe des Friedhofes saß, wo er allein und zurückgezogen an einem Tisch in der Ecke sein Bier trank. Gegen Mitternacht pflegte er sich auf den Heimweg zu machen, langsam die Hauptstraße entlanghumpelnd, bis er, ganz am Ende der Stadt, die verlassene Gartenhütte erreichte, in der er sein Domizil hatte.

Eines Abends stand David im Schatten des Gasthauses und wartete bebend vor Ungeduld. Seitdem er sich zur Tat entschieden hatte, konnte er es kaum noch erwarten zu handeln. Es schien, als würde ihm bei dem Gedanken, nun endlich die Rache zu vollenden, schier das Herz zerspringen. Er konnte es selbst nicht glauben, daß er sich nun endlich aufgerafft hatte. Trauer und Depressionen der letzten Jahre hatten sich mittlerweile bis zur Unerträglichkeit verdichtet. Er glaubte, noch daran ersticken zu müssen, wenn nicht endlich etwas geschah. In seinem Herzen klang die Melodie vom Tod. Seine Erregung und seine Entschlossenheit hatten sich so gesteigert, daß er fast außer Kontrolle geriet. Als sich endlich gegen Mitternacht die Tür der Gaststätte öffnete und Keller heraustrat, zog sich David tiefer in den Schatten des Seitengäßchens zurück. Der Krüppel wandte sich seitlich, über seine Krücken hinweg, um die Tür hinter sich zu schließen. Dann humpelte der Mann mit dem finsteren, verschlossenen Gesicht die Straße hinab. Er war seit jenem Nachmittag, als er sich kräftig und breitschultrig den Weg durch die Büsche brach, bedeutend magerer geworden. David wartete, bis Keller einen gewissen Vorsprung hatte, dann löste er sich aus dem Schatten des Hauses und ging ihm nach. Die Nacht war bitterkalt. David schlug den Mantelkragen hoch und ging, immer in den Schatten der Häuser gedrückt, hinter dem Mann her, der dort, mehr hüpfend als gehend, den Weg zu seiner schäbigen Behausung angetreten hatte. David ließ ihn keinen Moment aus den Augen.

Sie gingen am Friedhof vorbei und gelangten allmählich zur Stadtmitte und der Hauptgeschäftsstraße. Von dort ging es weiter zum Industrieviertel der Stadt, mit seinen dunklen, leeren Fabrikgebäuden und den massigen, finsteren Lagerhäusern. Keller, immer in einigem Abstand verfolgt von David, überschritt die Anschlußgleise, die zu einer Fabrikanlage führten. Er passierte zwei ausgeschlachtete Wracks verrotteter, liegengebliebener Lastwagen. Ihre Umrisse hoben sich drohend aus dem nächtlichen Dunst. Ein feuchter, immer dichter werdender Nebel war aufgekommen. David bewegte sich im Schatten eines der Lagerhäuser und hörte dabei das stete rhythmische Aufschlagen der Krücken auf dem Boden. Er muß doch wissen, daß ich ihm folge, dachte David. Er *muß* es gemerkt haben.

Keller bewegte sich auf dem naß gewordenen Kopfsteinpflaster äußerst vorsichtig. Seine Umrisse waren im Nebel nur undeutlich zu erkennen. Es schien, als ginge da vorne ein Phantom. Er sah aus wie das letzte unheimliche Exemplar einer bereits ausgestorbenen Gattung von Gespenstern.

Schließlich mündete die Straße in einen ungepflasterten großen Platz. David lauschte angestrengt, ob er noch das Geräusch der Krücken hören könne, aber die Nacht blieb still, und Keller schien verschwunden. David versuchte, Nebel und Dunkelheit, die ihn wie dichte Tücher einhüllten, mit seinen Blicken zu durchdringen. Von ferne hörte er das Rauschen des kleinen Flusses. Aber kein menschlicher Laut war zu vernehmen. Man konnte nur schwach die Umrisse der Brücke erkennen, die, nur wenige Meter entfernt, den Fluß überquerte. Und nach ein paar weiteren Schritten konnte man auch das Gurgeln des Wassers hören. Irgendwo in der Ferne tuckerte ein Motorboot. David ging noch ein wenig auf den Fluß zu, bis er den

Schilfgürtel am Ufer erreicht hatte.

Und da – erblickte er Keller wieder.

„Ja, was denn?" fragte der Mann aus dem Dunkel plötzlich. Es klang eisig. Keller, schwer auf die Krücken gestützt, humpelte seinem Verfolger entgegen.

David verschlug es vor Schreck, vor Entsetzen und namenlosem Zorn fast den Atem. Es war, als habe ein jahrelanger Alptraum nun endlich Gestalt angenommen.

„Du bist mir aber lange nachgegangen", sagte Keller.

„Noch länger, als Sie annehmen", erwiderte David und zog die Hände aus der Manteltasche.

„Warum?"

„Sie wissen genau, warum."

Keller, schwer auf seine Krücken gelehnt, beugte sich vor. Lange betrachtete er den jungen Mann. „Du mußt noch ein Kind gewesen sein, damals", sagte er.

„Aber ich habe nie vergessen."

„Ich ebensowenig. Ich bin zurückgekommen..."

„Warum?"

„Warum sollte ich nicht hierherkommen, wenn es mir Spaß macht? Was hat ein unschuldiger Mann denn zu fürchten?"

„Unschuldig?"

„Überrascht dich das?"

„Ich habe Sie doch damals gesehen."

„Du hast mich durchs Gelände laufen sehen, wenn du dich recht erinnerst, oder? War sonst noch was?"

David betrachtete schweigend Kellers Gesicht, das im

Dunkeln weiß leuchtete. Er fühlte sich plötzlich verunsichert. Er hätte gerne geglaubt, was er nicht glauben konnte.

„Ich fand das Kind schon tot, als ich dort hinkam“, fuhr Keller fort. Er sprach mit kalter und bitterer Stimme. „Sie muß vom Baum gefallen sein und sich dabei das Genick gebrochen haben. Ich habe sie nicht einmal angerührt. Schön – ich bin ins Haus eingebrochen, aber das ist auch das einzige, was meine Schuld ist. Ich hörte einen schweren Fall im Garten, als ich drinnen nach was Brauchbarem suchte. Als ich anschließend herauskam, lag sie dort – tot. Dann kamst du und schriest los, daraufhin rannte ich davon.“

„Sie müssen aber weit gelaufen sein.“

„Nun ja, es sah auch böse genug aus. Du hast doch auch geglaubt, ich hätte es getan – oder?“

„Dann habe ich also die ganzen Jahre...“ David holte tief Luft. „Ich bin froh, daß ich nie etwas gesagt habe.“ David schloß die Augen. Er konnte es kaum glauben. Er fühlte sich plötzlich so erleichtert. Die tiefe Erleichterung teilte sich dem ganzen Körper mit. Alle Rache, alle Erbitterung der letzten Jahre, die ihn Tag und Nacht gequält hatten, schmolzen dahin. Endlich würde er vergessen können. Immer noch ungläubig, schüttelte er den Kopf und fühlte sich zum ersten Mal seit über zehn Jahren entspannt.

„So – und du glaubst, damit ist alles vorbei?“ fragte Keller.

David schaute dem Mann, der dort, halb über seine

Krücken gebeugt, vor ihm stand, ins Gesicht, das in der Dunkelheit kaum zu erkennen war. Der Mann starrte ihn unentwegt an. Dieses kalte Starren wirkte fast wie eine tödliche Bedrohung.

„Und du glaubst wirklich, das sei so einfach, was?" fuhr Keller fort. „Weißt du, warum ich zurückkam? Weil ich den Mann suchen wollte, von dem ich wußte, daß er mich gleichfalls suchte. Ich wußte genau, daß du zu mir kommen würdest, wenn du noch hier in der Stadt wärest."

„Sie hofften, ich würde zu Ihnen kommen?"

„Ja. Das hoffte ich sogar sehr. Ich bin gekommen, um mit dir abzurechnen ... An jenem verhängnisvollen Tag hast du losgeschrien. Du hast mich dadurch so in Panik gebracht, daß ich Hals über Kopf floh. Völlig kopflos rannte ich durch den Garten, den Bahndamm hinunter. Du warst schuld daran, daß ich jede vernünftige Überlegung verlor. Ich rutschte auf dem steilen Hang und stürzte hinunter auf die Geleise, gerade in dem Moment, als der Zug kam. Ich erwischte diesen Güterzug, auf den ich eigentlich aufspringen wollte. Aber der Zug erwischte mich auch. Und ich konnte nichts weiter als stillhalten, als er mir ein Bein abfuhr."

David senkte den Blick auf Kellers Beinstumpf.

„Aber ich..." Er hatte keine Zeit mehr, den Satz zu vollenden. Plötzlich hob sich die Krücke und wirbelte durch die Luft. Der Schlag traf David an der Schläfe. Er taumelte, fiel um, stürzte die Uferböschung hinab. Er verlor den Halt, hörte das Wasser unter sich gurgeln, hörte das Geräusch der sich nähernden Krücken und erblickte, schon halb bewußtlos, Keller über sich – eine verzerrte, groteske, hüpfende Gestalt an einer Krücke. Wie ein Rasender warf er sich auf den Jüngeren, ließ die Krücke auf dessen Kopf herniedersausen, ließ sie fallen und ins Wasser klatschen. Keller fiel gleichfalls, fiel auf den dort Liegenden. Ineinander verkrallt, rollten sie hinab in den Fluß, gingen unter, tauchten wieder auf. Kellers lange, knochige Finger schlossen sich um Davids Kehle.

David fühlte noch, wie das Wasser über ihm zusammenschlug, wie Keller auf ihm lastete, ihn hinunterdrückte. David hatte im vergeblichen Versuch einer Gegenwehr die Arme hinter Kellers Nacken verkrampft. Lautlos versanken die beiden Männer in den dunklen Fluten des Flusses, der über sie hinwegging, wie ein Strom des ewigen Vergessens.

Die Kreise im Wasser verliefen sich, die Oberfläche wurde glatt, auf ihr trieb nur die Krücke flußabwärts.

9 8425-12

Die Macht des Schicksals

Es hat mich schon immer fasziniert, wie scheinbar sinnlos das Schicksal unsere Schritte in die eine oder andere Richtung lenkt und uns zu wichtigen oder unwichtigen, trivialen oder dramatischen, glücklichen oder tragischen Ereignissen unseres Lebens hinführt. Es liegt ein unübersehbares Element des Geheimnisvollen im komplexen Zusammenwirken von Zeit und Umständen, die zum Höhepunkt eines dramatischen Geschehens führen.

Nehmen Sie doch bloß einmal den absurden Fall des Mannes, der sein Flugzeug aus purem Zufall – wie man meint – um drei Minuten verpaßt. Die Maschine stürzt ab, und alle, die an Bord waren, kommen dabei ums Leben. Das Schicksal war dem Mann, der sich verspätete, gut gesonnen, aber es hätte auch genau umgekehrt sein können. Er hätte beispielsweise des Flugzeug verpassen können, das sicher ankam, und statt dessen das besteigen können, welches abstürzte. Verstehen Sie, was ich meine? Stellen Sie sich vor, Sie fahren von der Arbeit nach Hause, und genau an einer Kreuzung passiert ein schrecklicher Unfall. Sie werden Zeuge des entsetzlichen Geschehens: Ein Betrunkener war bei Rot über die Kreuzung gelaufen, genau in die Breitseite eines Autos, das unmittelbar vor Ihnen fuhr. Der unschuldige Fahrer wurde dabei getötet, der Betrunkene überlebte und trug kaum eine Schramme davon.

Stellen Sie sich mal vor, was passiert wäre, wenn Sie das Büro zehn Sekunden früher verlassen hätten! Dann wären Sie derjenige gewesen, der seinen Nachhauseweg in der Leichenhalle beendet hätte.

Ich versuche immer wieder, die verrückt verschlungenen Pfade des Schicksals zurückzuverfolgen, jedenfalls soweit es mein eigenes Leben anbelangt. Das führt oft zu den merkwürdigsten Kreuz- und Querverbindungen und Zusammenhängen. Ich möchte Ihnen vom Dramatischsten berichten, was mir dabei je in die Quere kam. Falls Sie glauben, daß ich phantasiere, so habe ich einige handfeste Beweise, die ich später noch anführen werde.

Es begann völlig ruhig, ohne dunkle Wolken am Horizont, ohne finstere Hinweise, ohne Bedrohung meiner unmittelbaren Zukunft.

Ich arbeitete als Kontakter in einer großen Werbeagentur in Los Angeles und wurde in diesem Frühjahr damit beauftragt, einen neuen TV-Kunden unter meine Fittiche zu nehmen. Ich sollte ihm eine Serie präsentieren, die in New York abgedreht werden sollte, sobald der schwüle Sommer frischerem Herbstwetter weichen würde. Auf dem Weg dorthin brauchte ich mich nicht zu eilen. Ich hatte ein paar Urlaubstage gut. So entschied ich mich zu einem Umweg mit einem Zwischenaufenthalt in Miami, um ein wenig über palmengesäumte Strände zu streunen und mich beim Anblick hübscher Mädchen, die sich dort sonnten, von den Aufregungen meiner Scheidung zu erholen.

Dabei war ich entschlossen, diesmal statt des Flugzeugs den Zug zu nehmen, weil ich hoffte, während der Fahrt ein paar interessante Leute kennenzulernen. Während der zwei oder drei Tage Fahrt würden sich solche Bekanntschaften vertiefen lassen, währenddessen ein Flug von nur fünf Stunden kaum Gelegenheit dazu bot.

Aber dann änderte ich in letzter Minute meinen Plan doch noch. Gesetzt den Fall, ich hatte nicht das Glück, interessante Leute kennenzulernen – die rumpelnde Dreitagefahrt in Richtung Osten könnte zur gähnenden Langeweile werden. So entschloß ich mich, doch lieber das Flugzeug zu nehmen.

Hier haben wir die erste Umkehr zu einem neuen Ablauf des Geschehens. Das Schicksal weist uns einen ganz anderen Weg. Was wäre gewesen, wenn ich den Zug genommen hätte? Keine Ahnung. Also halten wir uns lieber an das, was wir wissen. Wir wollen uns jedoch nicht gleich dem Flugzeug zuwenden. Dazu ist es zu früh. Noch ist ja nicht einmal der Flughafen erreicht, so daß die Möglichkeit besteht, daß wir gar nicht dort ankommen, geschweige denn an Bord des Flugzeugs gelangen...

Als ich zu dem schicksalsträchtigen Entschluß gekommen war, das Flugzeug zu nehmen und nicht den Zug, war es bereits Nachmittag geworden, und ich konnte keinen Nachmittagsflug mehr buchen. Statt dessen suchte man mir einen Flug für neun Uhr abends heraus. Aber was wäre gewesen, falls ich noch einen Platz in der Nachmittagsmaschine bekommen hätte? Na ja, Sie verstehen jetzt, was ich meine. Und so können Sie Ihre eigenen Überlegungen darüber anstellen, was gewesen wäre – wenn... Ich fahre derweil fort, meine Geschichte zu erzählen. Weil ich es nicht leiden kann, in Flughäfen oder Bahnhöfen oder Bus-Terminals herumzuhängen und die Zeit totzuschlagen, indem ich lustlos darauf warte, daß man mich da- oder dorthin befördert, pflege ich immer erst kurz vor Reisebeginn einzutreffen. Aber diesmal war ich aus purer Langeweile und nur, um in Bewegung zu bleiben, so früh aufgebrochen, daß ich eine Stunde zu früh am Flughafen erschien. Es muß kurz vor acht gewesen sei.

Nachdem ich mein Gepäck aufgegeben hatte, kaufte ich mir eine Zeitung, ohne sie jedoch zu lesen, weil mir die Konzentration fehlte. Statt dessen begann ich draußen herumzuschlendern und mir das Flughafengebäude von außen zu betrachten. Durch die großen Glasscheiben beobachtete ich die Menschen, wie sie dort drinnen herumquirlten, und plötzlich erkannte ich Marian Lundy, die Sekretärin von Harvey Slater, einem sehr wichtigen Mann. Slater war Programmdirektor einer Fernsehgesellschaft, bei der ich früher angestellt war. Marian stand direkt an der Glasscheibe, schaute in meine Richtung und machte den Eindruck völliger Gedankenabwesenheit. Sie schien richtiggehend verstört zu sein.

Sie war ein Mädchen von etwa Ende Zwanzig, braunhaarig, schlank, eine wirklich hübsche junge Frau. Außerdem war sie, schon damals sehr zum Bedauern aller männlichen Kollegen, verheiratet. Ich hatte sie jetzt seit einem halben Jahr nicht mehr gesehen. Früher hatten wir so eine Art Büro-Freundschaft und waren immer glänzend miteinander ausgekommen.

Ich erinnerte mich, daß die hübsche Grünäugige über einen ganz beachtlichen Zynismus verfügte. Mich hatte sie jedoch immer damit verschont und es vorgezogen, spielerisch mit mir zu flirten, obwohl es ihr keineswegs ernst damit war.

Sie hätte sich jederzeit in den Schutz ihrer Ehe zurückziehen können, hätte ich diesem Flirt etwa Bedeutung beigemessen. Dennoch schwang in dem neckenden Ton, den wir zwischen uns aufrechterhielten, etwas anderes mit, ein Gefühl füreinander, das sich nicht recht in Worte fassen läßt. Da meine Scheidung damals bereits lief, wünschte ich mir nichts sehnlicher, als daß Marian gleichfalls unverheiratet und frei sei. Aber als ich mich in diesen Wunsch bereits verbohrt hatte, trennten sich unsere Wege.

Kurzentschlossen ging ich jetzt durch die Glastür und stellte mich neben sie. Sie blickte auf. Ihr Mund öffnete sich vor Überraschung, aber ihre grünen Augen blickten matt. Ihre Begrüßung drückte mehr ein indifferentes Erstaunen als herzliche Wiedersehensfreude aus.

„Hallo, Mr. Bennett", sagte sie tonlos.

„Plötzlich bin ich Mr. Bennett?" fragte ich ein wenig pikiert. „Früher war ich für Sie der gute, alte Wayne."

„Damals kannte ich Sie auch besser – Wayne", erwiderte sie, ohne zu lächeln.

„Also, jetzt bin ich erst ein paar Monate fort, und schon ist Ihre Liebe zu mir erkaltet", witzelte ich. „Wissen Sie, daß ich Ihren Radiergummi von Ihrem Schreibtisch geklaut habe? Und daß ich ihn jeden Abend, bevor ich ihn mir unters Kopfkissen lege, zärtlich küsse?"

„Wayne", erwiderte sie ernst und mit leisem Tadel, „zu jedem anderen Zeitpunkt hätte ich das lustig gefunden, aber gerade jetzt und hier haben Sie mich in einer entsetzlichen Stimmung angetroffen."

„Probleme?"

Sie nickte und lächelte sogar ein wenig. Der alte Ton zwischen uns kam auf: „Soeben haben Sie den Preis für besonderes Einfühlungsvermögen gewonnen", sagte sie.

„Kann ich irgend etwas für Sie tun?"

Sie schüttelte den Kopf und biß sich auf die Unterlippe. Dennoch konnte sie nicht verhindern, daß ihr die Tränen aus den Augen sprangen.

„Oh, Marian, ich will mich Ihnen ja nicht aufdrängen, aber wenn Sie eine Schulter brauchen, um sich daran auszuweinen..."

„Es ist nichts, worüber ich sprechen kann, auch nicht mit

einem guten Freund."

Eine verlegene Pause entstand. Dann fragte ich, nur um die Zeit zu füllen, ob sie auf die Ankunft eines Flugzeugs wartete oder ob sie selbst einen Flug antreten wolle.

„Ich nehme den Flug um zwanzig Uhr dreißig nach Denver", sagte sie und trocknete ihre nassen Augen. „Ich habe früher in Denver gelebt, und ich wüßte keinen Ort, wohin ich sonst gehen könnte."

Ich ergriff sie sanft an den Schultern und drehte sie zu mir herum. „Marian", sagte ich, „jetzt einmal ganz abgesehen von unserer Büro-Ulkerei – ich habe tatsächlich stets eine tiefe Zuneigung für Sie empfunden."

Sie blickte auf. „Ach", sagte sie, „ich habe noch nie die Fähigkeit besesssen, etwas zwischen den Zeilen zu lesen, aber es tut gut, das zu wissen." Sie lächelte mit bebenden Lippen.

„Womit Sie auch fertig werden müssen, Marian, ich glaube, es gibt in ganz Denver kaum einen Menschen, der so sehr bereit wäre, Ihnen zu helfen, wie ich es bin."

„Ich glaube Ihnen", sagte sie und blickte gequält zu mir auf. „Aber ich nehme an, daß Sie sich gerade auf irgendeiner wichtigen Geschäftsreise befinden und überhaupt keine Zeit haben."

„Sie irren sich. Ich habe noch Urlaub, und erst anschließend fliege ich in unsere New Yorker Zweigniederlassung. Jetzt bin ich gerade auf dem Weg nach Miami."

„Wann fliegt denn Ihre Maschine?"

„Um neun."

„Und wenn Sie sie fliegen lassen?"

„Das kann ich durchaus. Dann nehme ich eben eine andere. Ich bin nicht in Eile. Haben Sie es eilig?"

„Ein paar Stunden ändern nichts bei mir", erwiderte sie. „Nicht mal ein paar Jahre." In ihrem Gesicht lag jetzt ein Ausdruck des Entsetzens. Offenbar wollte sie mir etwas mitteilen, um sich davon zu befreien. „Sehen Sie, Wayne – mein Mann ist tot. Es war ein Unfall, dennoch – ich habe ihn getötet..."

Wir saßen im Flughafen-Restaurant. Mein Gepäck war noch nicht an Bord gebracht worden, und so hatte ich es vorerst zurückstellen lassen. Marian hatte nur eine Handtasche bei sich. Sie war in panischem Entsetzen geflohen.

„Es war ein Fehler, davonzurennen", sagte ich. „Zwar verständlich – aber trotzdem ein Fehler. Wie lange ist es jetzt her?"

„Noch keine zwei Stunden", erwiderte sie.

„Na schön – hatten Sie vielleicht einen Besuch bei Freunden geplant? Oder könnte jemand kommen, um Sie heute abend zu besuchen?"

„Nein, wir wollten weder ausgehen, noch hatten wir jemanden eingeladen."

„Gut, dann ist es noch nicht zu spät. Sie können der Polizei sagen, daß Sie sich im Schockzustand befunden hätten und jemanden suchten, dem Sie sich mitteilen konnten. Vielleicht waren Sie auf der Suche nach einem Rechtsanwalt, der Ihnen hätte Rat geben können."

„Das klingt logisch, Wayne. Oh, ich bin so froh, Sie an meiner Seite zu haben.“ Sie tat einen tiefen Schluck aus ihrem Glas. Ihre Hand zitterte dabei so, daß sie etwas vom Inhalt verschüttete.

„Erzählen Sie mal von Anfang an“, bat ich. „Ich habe ein bißchen Ahnung von Juristerei und kann beurteilen, wie das alles auf den ersten Blick auf die Polizei wirken könnte. Haben Sie irgend etwas angerührt oder verändert?“

„Nein.“

„Schön – dann fangen Sie mal an zu erzählen.“

„Wir hatten einen Streit“, begann sie. „Der Anlaß war alles andere als dramatisch. Wir stritten uns, wie man sich eben über Lappalien streitet, bloß, daß wir dabei allmählich außer Kontrolle gerieten. Doug, mein Mann, war in den letzten Monaten mir gegenüber immer kritischer geworden. Er war von jeher ein sehr dominierender Typ. Er wußte immer genau, wie er die kleinste Kleinigkeit in seinem Leben arrangiert haben wollte. Und so mußte es dann auch sein. Er hat es nie toleriert, daß ich nicht so pingelig war wie er, daß ich den Haushalt mehr oder weniger locker erledigte und daß ich mir bei der Wagenpflege kein Bein ausriß.

Mich irritierte es immer wieder, mit welcher Genauigkeit und Disziplin er die notwendigen Dinge erledigte, und zwar auf der Stelle, ohne sie je aufzuschieben, auch wenn es sich nur um Kleinigkeiten handelte. Er war äußerst korrekt. Und so handhabte er eben alles. Er erwartete von mir, daß ich mich genauso verhielt, obwohl ich schließlich einen ‚full-time job' hatte und oft abends ganz erschöpft nach Hause kam.

Zuerst, das heißt, während der Flitterwochen und auch noch danach, versuchte ich mich ganz nach ihm zu richten. Doch als die Ehe allmählich zur Routine wurde, wurde ich in all diesem alltäglichen Kleinkram immer weniger sorgfältig, und er wurde mir gegenüber immer spöttischer und sarkastischer. Alles, was ich gut machte, war für ihn nur selbstverständlich. Nie gab es ein anerkennendes Wort. Und daß ich ein doch recht beachtliches Gehalt nach Hause brachte, erwähnte er überhaupt niemals. Sobald ich nur den geringsten Fehler machte, schrie er mich an.

Es gab Zeiten, wo ich ihn regelrecht haßte. Aber wie die meisten Menschen hatte er eben auch seine guten Seiten. Das hielt mich immer von der Erkenntnis zurück, daß wir im Grunde genommen so verschieden waren wie Feuer und Wasser und daß diese Ehe eigentlich von Anfang an ein Irrtum gewesen war. Dann, etwa vor einem Vierteljahr, gerade als er glaubte, auf der Karriereleiter ein gutes Stück vorwärtsgekommen zu sein, wurde er arbeitslos. Sie kündigten ihm mit irgendeiner lächerlichen Begründung. Dabei war es ganz offensichtlich, daß seine Position in dieser Firma gestrichen wurde. Er reagierte mit Bitterkeit, verlor aber nicht viele Worte darüber, und ich konnte mir nur aus eigener Anschauung ein Bild machen. Mir war jedenfalls klar, daß die Kündigung nichts mit seinen

Fähigkeiten zu tun hatte. Zwar kam er mit Menschen grundsätzlich nicht besonders gut zurecht. Er sparte, wo es sich um Verdienste anderer handelte, stets mit Anerkennung und kehrte bei jeder Gelegenheit den Vorgesetzten hervor. Sein Sarkasmus war von allen gefürchtet.

Er bekam dann irgendwo einen anderen Posten, weniger wichtig und weniger interessant. Von da an war er nicht mehr der alte. Das will unter Umständen nicht viel heißen, aber ich glaube, insgeheim hielt er sich für einen ungeheuren Versager. Und dies Gefühl mußte er kompensieren, indem er mir gegenüber nicht mehr kritisch, sondern superkritisch wurde, wobei er mich bei jeder Gelegenheit herunterzuziehen versuchte. Er wurde mit der Zeit immer merkwürdiger, und ich versuchte ihm auf die netteste und herzlichste Weise klarzumachen, daß es vielleicht ganz gut wäre, wenn er einmal einen Analytiker aufsuchte.

Er betrachtete diese Aufforderung als ungeheure Unverschämtheit und kehrte mehr denn je den Tyrannen heraus. Er wurde so unerträglich, daß ich begann, ihm, vor allen Dingen abends, auszuweichen, indem ich mich mit Freundinnen fürs Kino verabredete oder Bridge spielen ging. Die Auseinandersetzung heute begann damit, daß er, wie üblich, früher als ich nach Hause gekommen war. In dem Moment, in dem ich die Wohnung betrat, fragte er mich als erstes, warum ich das Frühstücksgeschirr nicht gespült habe, das noch in der Küche stünde. Ich erwiderte, daß ich heute morgen spät dran gewesen sei und mich beeilen mußte, um rechtzeitig ins Büro zu kommen. Ziemlich verärgert fügte ich hinzu, daß er sich die Hände ja auch nicht schmutzig gemacht hätte, und bot mich an, ihm zu zeigen, wo sich Spülmittel und Spülbürste befänden.

Daraufhin wurde er wütend und ging zur Hausbar, um sich einen Drink zu holen. Als er nun feststellen mußte, daß der Bourbon ausgegangen war, fragte er mich, warum ich so nachlässig wäre, nicht einmal festzustellen, wann neue Flaschen gekauft werden müßten. Außerdem war er mit dem Abendessen nicht zufrieden, meinte aber boshaft, es wäre ihm auch egal. Ich wäre ohnehin die einzige Person, die er kenne, die eine tiefgekühlte Mahlzeit in einen Grill steckte und dabei etwas zustande bekäme, was wie Seife schmeckte... Dann begann er auch noch auf das neue Kleid zu schimpfen, das ich trug. Ich hatte es mir gerade kurz zuvor von meinem eigenen Geld gekauft. Er bezeichnete es als billigen Büromädchen-Fetzen, typisch für meinen Geschmack.

Das genügte dann. Ich fauchte zurück, daß ich, wenn er mich so entsetzlich und abstoßend fände und so wenig zu seiner Vorzüglichkeit passend, noch einen Mann wüßte, der bereit sei, mich zu übernehmen. Ich würde noch heute abend zu ihm gehen."

Sie machte eine Pause, und ich fragte, ob sie damit irgend jemand Bestimmten gemeint habe.

„Natürlich nicht", entgegnete sie. „Ich wollte Doug bloß verletzen. Er hat mich beschimpft, und so sagte ich das, was mir gerade als erstes in den Sinn kam. Ich nannte auch einen Namen und zwar den meines Chefs, Harvey Slater. Aber Sie und ich wissen genau, daß das völlig verrückt ist, denn Slater könnte gut mein Vater sein. Wenn ich mich ihm in irgendeiner Weise genähert hätte, wäre er vor Schreck wahrscheinlich lieber aus dem Fenster gesprungen, so korrekt ist er als Vorgesetzter.

Aber Doug hatte Harvey nie persönlich kennengelernt, und so glaubte er mir. Es traf ihn tief. Und ich machte die Sache noch schlimmer, indem ich ihm erzählte, wieviel Harvey mir bedeutete, und daß wir abends Hand in Hand säßen und Pläne für die Zukunft machten. Doug lief buchstäblich blau an. Er schrie Beleidigungen heraus und sagte Dinge, die so schlimm waren, daß man sie später kaum noch zurücknehmen kann. Schließlich belegte er mich mit einem Ausdruck, der zu obszön und widerlich ist, um ihn zu wiederholen. In blinder Wut ergriff ich einen Aschenbecher, der auf dem Tisch stand, und warf ihn in seine Richtung. Nicht, daß ich ihn hätte treffen wollen. Ich wollte nur etwas unternehmen, um ihn zum Schweigen zu bringen.

Es war ein viereckiger, schwerer Kristallaschenbecher mit scharfen Kanten. Sie kennen die Dinger ja wohl. Sie sind praktisch nie kaputtzukriegen."

Wieder machte sie eine Pause, und die Tränen traten ihr in die Augen.

„Es war einem bösen Zufall zu verdanken, daß der Aschenbecher durch die Luft flog, als hätte ich exakt gezielt. Er traf Doug direkt an der Schläfe.

Er griff sich an den Kopf, und als er die Hand zurückzog, war sie voller Blut. Dann brach er auf dem Boden zusammen. Ich konnte sehen, daß er tot war. Diese schreckliche Todesblässe, sein fahles, starres Gesicht... Ich ließ mich auf einen Stuhl fallen und saß ein paar Minuten in diesem entsetzlich still gewordenen Wohnzimmer, in dem kurz zuvor noch Dougs aufgeregte Stimme erklungen war. Ich überlegte und nahm den Telefonhörer auf, konnte mich aber nicht entschließen, die Polizei anzurufen. Nach drei vergeblichen Versuchen zündete ich mir eine Zigarette an und dachte darüber nach, was wohl als nächstes geschehen würde. Eine lange Reihe Polizeiwagen würde auffahren, Reporter würden erscheinen, endlose Fragen, Festnahme, Gefängniszelle bis zu einer Verhandlung, die – wer weiß wie – enden würde? In der Gaskammer?

Die Stille und Einsamkeit mit dem reglosen Doug vor mir auf dem Fußboden wurde unerträglich. Ich geriet in absolute Panik, ohne die Möglichkeit, noch einen klaren Gedanken zu fassen, außer dem, daß ich mich verbergen mußte, um nachzudenken, ob Freunde und Verwandte mir vielleicht helfen könnten, falls ich je den Mut haben würde, mich ihnen mitzuteilen. Ich hatte gerade mein Gehalt ausgezahlt bekommen. Es stand mir genug Geld zur Verfügung. So lief ich, so wie ich war, davon und nahm mir ein Taxi hierher zum Flughafen."

Als sie bis zu diesem Punkt ihrer Erzählung gekommen

war, ließ sie sich hilflos in den Stuhl zurückfallen und wartete auf meine Reaktion. Ich sagte eine Weile nichts, weil ich fieberhaft nach einer Lösung suchte. Ich kann nicht behaupten, daß ich besonders erschüttert gewesen wäre, zu erfahren, daß ihr Mann tot war. Ich hatte ihn nie gekannt, und nach dem zu schließen, was ich gehört hatte, schien der Welt mit ihm auch nicht allzuviel verlorengegangen zu sein. Aber ich kannte seine Witwe, und meine unterdrückten Gefühle für sie begannen sich zu regen. Das Tor der Hoffnung stand sperrangelweit offen. Das Schicksal schien mir wieder einmal hold. Alles, was ich in diesem Augenblick wünschte, war, Marian vor der Festnahme zu bewahren.

„Und was halten Sie nun davon, Wayne?" fragte sie mit so leiser Stimme, daß es fast wie ein Flüstern klang.

„Daß Sie hier in der Stadt bleiben sollten, und daß wir die Sache zusammen durchstehen werden."

„Oh, Wayne, Sie sind wirklich ein guter Freund. Und... und... mehr als das. Ich kann Ihnen nicht sagen, wie..."

„Darüber reden wir später", unterbrach ich sie. „Jetzt wollen wir erst mal sehen, wie wir dem Problem zu Leibe rücken. Als erstes muß ich Ihnen sagen: Es ist gar nicht so schlimm, wie ich erwartet hatte. Die Umstände sind eher für Sie als gegen Sie. Auch die Tatsache, daß Sie eine Frau sind, jung und attraktiv, ist äußerst günstig. Bei Gericht treffen erfahrungsgemäß in den meisten Fällen Männer die Entscheidung. Die Sympathie aller wird Ihnen entgegenschlagen, und wir werden das Nötige dazu tun."

„Aber wie denn? Bedenken Sie doch, wenn es zur Verhandlung kommt, werden unter den Geschworenen auch Frauen sitzen."

„Es braucht ja nicht unbedingt zu einer Verhandlung zu kommen, Marian. Und wenn es dazu kommt, werden Sie allenfalls wegen versuchten Totschlags zu ein paar Jahren mit Bewährung verurteilt."

„Das wäre ja wunderbar... Es klingt alles so einfach, aber wie soll das zustande kommen?"

„Nun glauben Sie bitte nicht, ich sei ein unmoralischer Mensch, weil ich eine ganz leichte Änderung der Situation ins Auge gefaßt habe. Wem wäre genutzt, wenn eine hübsche junge Frau wie Sie nach einer schrecklichen Verhandlung ins Gefängnis käme? Wer hätte etwas davon?"

„Niemand", sagte sie inständig. „Es würde mir nur das Rückgrat brechen. Es würde mein Leben ruinieren."

„Genauso ist es, Marian. Genauso."

„Dann sagen Sie mir doch bitte, was Sie sich gedacht haben?"

„Also – ich finde, Sie sollten der Polizei alles genauso erzählen, wie es abgelaufen ist. Nur mit einer kleinen Änderung. Das Ende der Geschichte muß anders sein. Dougs Wut und Eifersucht schlugen hohe Wellen, als sie ihm drohten, ihn zu verlassen und mit dem Chef auf und davon zu gehen. Er rannte in die Küche und kam mit einem Messer zurück. ‚Eher werde ich dich umbringen', brüllte er und versuchte, sich auf Sie zu stürzen. Und in dem Augenblick hatten Sie keine andere Wahl, als sich zu wehren. Sie flohen zur Tür, und im Laufen warfen Sie den Aschenbecher über die Schulter nach ihm. Er traf zufällig."

Natürlich war Ihr Verhalten insgesamt ein Fehler, aber nun sind Sie unendlich betrübt über das, was geschehen ist, was dann ja auch jeder mit Leichtigkeit erkennen kann."

Sie nickte. „Phantastisch! Wirklich glaubhaft, abgesehen von der Tatsache, daß er kein Messer in der Hand hatte."

„Aber er wird – Marian. Das ist der Punkt. Wenn er gefunden wird, wird er ein Messer in der Hand haben. Mindestens wird es direkt neben seiner Hand liegen und seine Fingerabdrücke am Griff haben. Verstehen Sie?"

„Ja", sagte sie aufgeregt und mit einem Unterton von Erleichterung. „Klarer konnten Sie's ja nicht ausdrücken."

Ich erhob mich. „Dann wollen wir mal gleich gehen", schlug ich vor. „Kommen Sie, wir müssen uns beeilen."

Sie bewohnte eine Wohnung in einem der Vororte Hollywoods, östlich von den Highlands. Wortlos fuhren wir in den zweiten Stock hinauf. Mit einem Ausdruck von Kummer und Furcht in den Augen schloß sie die Wohnungstür auf.

Das Wohnzimmer war klein und nur sparsam möbliert. Es bedurfte nur eines Blickes, um festzustellen, daß sich die Leiche von Doug nicht darin befand. Ich konnte mir beim besten Willen nicht vorstellen, daß Marian sich einen schlechten Scherz mit mir gemacht hatte, als mein Blick auf einen großen rostfarbenen Fleck im Teppich und einen daneben liegenden Kristallaschenbecher fiel. Ich wollte ihn nicht aufheben, aber ich bückte mich, um ihn zu untersuchen. An einer der vier Kanten war ein Blutfleck zu sehen. Ich erhob mich und blickte Marian in die aufgerissenen Augen. „Na ja“, sagte ich, „wenn Ihr Mann nicht von jemandem entdeckt und weggetragen wurde, scheint er wohl noch am Leben zu sein.“

Sie holte tief Luft und rang die Hände, so daß die Knöchel weiß unter der Haut hervortraten. „Glauben Sie, daß jemand gekommen ist und ihn ins Krankenhaus gebracht hat?“

„Ich weiß nicht, was ich denken soll“, antwortete ich. „Außer, daß Sie ihn offenbar doch nicht getötet haben.“

„Wie traurig für euch beide“, sagte eine eisige Stimme. Ich fuhr herum und erblickte Doug Lundy im Türrahmen. Jedenfalls mußte ich annehmen, daß es Lundy war. Sein Kopf war ungeschickt bandagiert. Es bestand kein Zweifel, daß er schon eine Weile dort gestanden und uns belauscht hatte. Abgesehen von seinem bandagierten Kopf, nahm ich nicht mehr viel von ihm wahr. Mein Blick wurde abgelenkt. Fasziniert starrte ich auf den Revolver in seiner Hand.

„Wie geht es Ihnen, Mr. Slater?“ fragte er mokant und wandte sich seiner Frau zu: „Also das ist dein Boß? Der Liebhaber kommt, um von der Witwe des Toten Besitz zu ergreifen, bevor noch die Leiche auskühlen konnte. Stimmt es, Marian?"

„Doug!" rief sie. „Ich bin so froh, daß du lebst. Aber du mißverstehst. Dies ist nicht..."

Weiter kam sie nicht. Im gleichen Augenblick krachte der Schuß. Er schoß mit einem kleinen, bösartigen Lächeln.

Als ich sah, wie sie taumelte, in sich zusammensank und fiel, wollte ich mich auf ihn stürzen. Aber der Revolver hatte sich nunmehr mir zugewandt. Ich konnte nur noch einen Schmerz in der Brust empfinden. Der Boden kam mir entgegen, das Zimmer schien sich um mich zu drehen. Ich nahm noch entfernte Stimmen wahr, das Dröhnen einer Sirene, noch mehr Stimmen, Gesichter, die frei im Raum zu schweben schienen – und dann nichts mehr.

Viel später sagte mir ein Arzt, daß mein Leben an einem Faden gehangen habe, und daß von den drei Schüssen, die Douglas Lundy insgesamt abgegeben hatte, nur einer tödlich gewesen sei – nämlich der Schuß, den er sich selbst in seinen bandagierten Kopf gefeuert hatte.

Marian und ich sind so glücklich, wie man es in einer derart unvollkommenen Welt wie der unsrigen nur sein kann. Wir haben ein hübsches kleines Haus in Westchester, nicht allzuweit von New York. Ich kann dem armen toten Doug Lundy nicht recht geben. Marian ist eine exzellente Köchin, und da sie nun nicht mehr berufstätig sein muß, hilft sie mir sogar dann und wann beim Spülen.

„Was wäre gewesen, wenn du den Zug genommen hättest?“ fragte Marian und schaute glücklich zu dem kleinen John hinüber, der in seinem Kinderstühlchen saß und spielte.

„Und was wäre gewesen, wenn ich doch einen Nachmittagsflug bekommen hätte und dich im Flughafen nicht getroffen hätte?“ fuhr ich fort zu fragen. „Was wäre gewesen, wenn wir nicht in deine Wohnung gegangen wären, sondern statt dessen gleich zur Polizei?“

Marian schaute mich mit großen Augen an und dachte nach.

„Versuch's doch auch mal mit dieser Möglichkeit“, schlug ich vor. „Wir wären zu deiner Wohnung gekommen, und statt so dumm herumzuschießen, hätte Doug deine Erklärungen akzeptiert, und wir hätten uns alle drei die Hände geschüttelt.“

„Was wäre gewesen, wenn er ein besserer Schütze gewesen wäre und uns beide getötet hätte?“ fragte Marian.

„Vielleicht hat er das“, erwiderte ich lachend, „und wir befinden uns hier direkt im Paradies...“

„Also wirklich“, sagte Marian mit einem kleinen Lächeln. „Alles was recht ist – das ist zwar ein entzückender Gedanke, aber in diesem Fall möchte ich doch bitte lieber gleich zur Erde zurückkehren...“

Was ist mit Mrs. Brown?

Die Arme, dachte Ellen Williams, als sie die Frau in dem schmalen, hohen Krankenhausbett liegen sah. Die vielen Gipsverbände, Schienen und Bandagen vermittelten den Eindruck, als habe Margret Collins, die Kranke, mehr Arme und Beine als ein gewöhnlicher Sterblicher.

Ellen Williams war ziemlich aufgeregt. Sie sollte dieser Frau ein wenig Gesellschaft leisten. Margret Collins' Cousine, Ann Fitzgerald, hatte Ellen gedrängt, der Patientin doch etwas von ihren Reisen zu erzählen.

„Schon längst wollte ich Sie beide miteinander bekannt machen", hatte Ann Fitzgerald zu Ellen gesagt. „Und jetzt ist genau der richtige Zeitpunkt dafür. Darf ich Margret schon mal ankündigen, daß Sie am Dienstag nachmittag zu einem längeren Krankenbesuch bei ihr erscheinen? Sie ist im übrigen ungeheuer interessiert an allen mysteriösen Ereignissen. Sie ist Psychologin. Ihre Spezialität sind absonderliche Kriminalfälle und abweichende Verhaltensweisen – kurzum gestörte Psyche. Vielleicht haben Sie auf

Ihren Reisen etwas dergleichen erlebt. Berichten Sie ihr doch darüber. Das wird sie freuen."

Ellen Williams befürchtete allerdings, daß sie Mrs. Collins kaum etwas in der Richtung zu bieten haben würde. Im Verlauf einer Gruppenreise, wie Ellen sie für gewöhnlich buchte, geschahen selten von der Norm abweichende oder gar kriminell angehauchte Dinge. Und außergewöhnlichen Persönlichkeiten war sie, zumindest auf ihren Reisen, so gut wie nie begegnet. Da handelte es sich überwiegend um ältere Mitreisende, die begierig waren, etwas für ihr Geld geboten zu bekommen.

Wie auch immer – hier stand sie nun, im Krankenzimmer einer ihr Unbekannten, besten Willens, die arme Frau abzulenken, die bei einem Autounfall außer ihrem Genick so ungefähr alles gebrochen hatte.

„Wie nett von Ihnen, daß Sie wirklich kommen", sagte Mrs. Collins und lächelte der korrekt gekleideten und ungewöhnlich hübschen Besucherin zu. „Ich bin ganz begierig darauf, etwas von Ihren Reisen zu hören. Ich habe immer gerne reisen wollen, aber nun befürchte ich, daß ich nicht mehr dazu kommen werde. Ich hätte schließlich auch schon früher daran denken sollen, meiner Reiselust nachzugeben, bevor dieser Unfall passiert ist, finden Sie nicht auch? Wenn ich es so richtig von Herzen gewollt hätte, hätte ich's wohl auch durchgesetzt; denn was wir mit aller Inbrunst wünschen, bringen wir auch meistens zustande."

Mrs. Collins war Psychologin. Sie mußte schließlich

wissen, wovon sie sprach, dachte sich Ellen im stillen. Dennoch hatte Ellen ihre Einwände. „Da bin ich nicht so sicher“, meinte sie. „Um die Wahrheit zu sagen, ich bin nur deshalb zum Reisen gekommen, weil meine Söhne darauf bestanden haben. So ist es rein zufällig, daß ich zu reisen begann. Jetzt glauben mir meine Kinder gar nicht mehr, wenn ich ihnen klarzumachen versuche, daß ich eigentlich viel lieber zu Hause bliebe. Aber nun zu Ihnen: „Gibt es irgendeine Gegend, von der Sie besonders gerne hören möchten?“

„Nein. Mich interessiert alles, was Sie mir erzählen.“

Mrs. Collins' Gesichtsausdruck war erwartungsvoll. Wie der eines Kindes, dem man ein Weihnachtsgeschenk überreicht. Ellen rutschte unbehaglich in ihrem Sessel hin und her. Sie hatte das Gefühl, daß sie dieser Erwartung nicht würde entsprechen können, und sie befürchtete, eher eine Enttäuschung für Mrs. Collins zu werden. Nun ja, sie würde sich bemühen. So kramte sie in ihrer Erinnerung, welches Ereignis wohl eine passende Geschichte abgeben würde.

Während sie noch überlegte, fiel ihr plötzlich ein, daß ihre Reise nach Berlin im Jahre 1961 vielleicht geeignet sei. Es war ein paar Tage nach der Errichtung der Berliner Mauer gewesen. Das war eine aufregende Zeit, keine Frage, und der Weltfrieden war damals ernsthaft gefährdet.

Ellen Williams räusperte sich. „Es tut mir leid, sagen zu müssen, daß ich ein unpolitischer Mensch bin“, fing sie an und fand dabei selbst, daß eine Entschuldigung eigentlich nicht die richtige Einleitung für eine Geschichte sei. Nun ja, sie würde so erzählen, wie es ihr in den Sinn kam.

„Leitartikel und politische Kolumnen lese ich so gut wie nie. So hatte ich nicht die leiseste Ahnung, daß die Welt sich in einer politischen Krise befand, als ich im August 1961 in Lexington eine Reise nach Deutschland buchte. Einige Tage, bevor der Deutschland-Trip von London aus starten sollte, kam ich dort an und schaute mir die Stadt und die Umgebung an.

Dabei lernte ich eine Australierin kennen, die mir von der ernsten Situation in Berlin berichtete. Ich erzählte ihr von meiner Busreise, die ich am darauffolgenden Tage antreten wollte und die am kommenden Freitag in Berlin enden würde. Sie prophezeite mir, daß diese Reise sicher abgesagt würde, weil kein verantwortungsvolles Reiseunternehmen zu einem so kritischen Zeitpunkt eine Gruppenreise nach Berlin durchführen würde.

Als ich jedoch am späten Nachmittag in mein Hotel zurückkehrte, lag keinerlei Nachricht vor, mein Postfach war leer. Das Reiseunternehmen hatte nicht abgesagt. So aß ich zu Abend, nahm ein Bad, stellte meinen Wecker und stand am darauffolgenden Morgen bereits um sechs Uhr auf. Ich packte, trank eine Tasse Tee, ging hinunter, beglich meine Hotelrechnung und fuhr mit einer Taxe zum Victoria-Busbahnhof. Dabei hatte ich mir eine Menge Zeit gelassen. Unsere Abfahrt war für halb acht Uhr morgens angesetzt, und ich war die erste, die am

Sammelplatz eintraf. Ein junger Mann kam eilig auf mich zu und sagte, er sei Axel, der Reiseleiter für die Reise 612. Er erkundigte sich nach meinem Namen und hakte ihn dann in seiner Liste ab, die er bei sich trug. Er erwähnte auch, daß viele Leute unsicher geworden seien. Sie wären von der Reise zurückgetreten. Von den sechsunddreißig Personen, die gebucht hätten, seien nur noch achtzehn übriggeblieben."

„Wissen Sie", unterbrach Mrs. Collins die Erzählung, „ich kann diese Leute sehr gut verstehen. Ich bin selbst mein Leben lang ein solcher Feigling gewesen, daß ich bestimmt das gleiche getan hätte. Ich kann so was nicht durchstehen. Aufregung mag ja etwas Wunderbares sein, aber für mich bitte aus zweiter Hand, als Lektüre, nicht selbst erlebt."

„Niemand schien an diesem Morgen besonders ängstlich zu sein", fuhr Ellen Williams fort. „Alle freuten sich auf die Reise. Zufälligerweise stellte sich heraus, daß alle außer mir Engländer waren. Ich war die einzige Amerikanerin. Eine große, füllige Dame namens Louise Willoughby, die einen Schwager bei der *Times* sitzen hatte, berichtete, dieser hätte einen Krieg innerhalb der nächsten vierzehn Tage vorausgesagt, und das alles wegen der Mauer. Er hätte seine Schwägerin für sehr unvorsichtig gehalten, weil sie trotz dieser Situation nach Berlin fahren wollte. ‚Ich habe diese Tour im Januar gebucht', sagte sie, ‚und so bestand ich darauf, sie auch zu machen.'

Und alle anderen dachten genauso. Sie wollten alle

ausführen, was sie geplant hatten.

Wir stiegen also in den Bus und fuhren in Richtung Dover. Dort standen wir in langer Reihe bei der Paßkontrolle an. Dann gingen wir an Bord des Fährschiffes. Die Überfahrt über den Kanal war alles andere als erholsam. Die meisten Passagiere wurden seekrank. Glücklicherweise war aber keiner aus unserer Gruppe davon betroffen, obwohl Mr. Mauldin von den Midlands eine Stunde lang ziemlich bleich aussah.

In Ostende gingen wir von Bord, aber weit und breit war kein Bus, der uns erwartet hätte. Alex, unser Reiseleiter, war deshalb sehr besorgt, versuchte aber, nichts davon merken zu lassen. Er sagte, er würde schon noch herausfinden, was vorgefallen sei, und da uns noch eine lange Reise bevorstünde, schlüge er vor, wir sollten noch ein bißchen frische Luft schnappen und ein wenig spazierengehen. Wir befolgten seinen Rat, schlenderten ein wenig am Strand entlang und betraten schließlich ein überfülltes kleines Café. Wir bestellten Kaffee und Kuchen und machten uns danach auf den Rückweg. Aber jetzt fanden wir auch keine Spur mehr von unserem Reiseleiter Alex. Und der Bus mit unserer Reisenummer war immer noch nirgends zu erblicken. Wir waren natürlich wenig begeistert von diesem Umstand und beschwerten uns ausgiebig. Schließlich tauchte Alex auf und berichtete uns, daß unser Busfahrer sich geweigert habe zu starten, als er erfuhr, was in Berlin vor sich ging. Er hatte geglaubt, er müsse nur nach Westdeutschland fahren und nicht nach Berlin. Er habe eine Frau und drei kleine Söhne – und er lehnte es ab, unnötige Risiken einzugehen.

Glücklicherweise fanden wir einen etwas unternehmungslustigeren und weniger ängstlichen Fahrer. Der fuhr schnell nach Hause, um das Nötigste zu packen, und war in ein paar Minuten tatsächlich wieder zurück. Mr. Mauldin, der Mann aus den Midlands, meinte, er könne den Fahrer, der sich geweigert hatte, schon ein wenig verstehen. Wenn er Kinder hätte, würde er auch nicht nach Berlin fahren oder sich in ähnliche Gefahren begeben."

Ellen Williams legte eine Pause ein. Sie sah, wie gespannt Mrs. Collins ihr zuhörte, und sie befürchtete, daß die Geschichte wohl gar nicht so spannend würde. Dennoch fand sie selbst, rückblickend, daß etwas Mysteriöses an dieser Reise gewesen war. Es konnte nicht nur ihre Einbildung gewesen sein, oder war es das doch? Nun, der letzte Abend war gewiß kein Hirngespinst ihrer Phantasie. Andererseits hatte sie an jenem Abend ziemlich viel Sekt getrunken... Aber wenn man es genau nahm, was hatte der Sekt mit der ganzen Geschichte zu tun? Sie wollte sich durch solche unnützen Überlegungen jetzt nicht ablenken lassen, sondern lieber fortfahren und dabei versuchen, sich genau an alle Einzelheiten zu erinnern. Vor allen Dingen wollte sie den Hergang der Reise weiter schildern.

„Nach all diesen unnötigen Aufenthalten waren wir ziemlich spät dran, als wir schließlich doch losfuhren. Als wir Ostende hinter uns ließen, begann es zu regnen. Robert, unser neuer Fahrer, ein Belgier, fuhr so entschlossen durch den Regen, als wolle er uns auf alle Fälle unserem Schicksal ausliefern, einerlei, was es für uns bereithielt. Wir rauschten durch Brügge und Gent nach Antwerpen, wo wir zum ersten Mal übernachteten. Als wir aus dem Bus stiegen, waren wir alle müde und halb verhungert. Im Speisesaal des Hotels waren die Kellner ungehalten und beschwerten sich verstohlen über unser spätes Eintreffen. Das Essen wurde kalt serviert. Mein kleines Zimmer war schäbig. Es gab nicht einmal warmes Wasser. Als ich ins Bett kletterte, überlegte ich, wie so oft, wenn ich reiste, was ich überhaupt in diesem fremden Land wollte, und ich schwor mir, mein Leben lang keine Reise mehr zu unternehmen."

Das war aber jetzt genug, was ihre eigenen Gefühle anbelangte, dachte Ellen sich plötzlich. Es wurde nun Zeit, Mrs. Brown zu erwähnen. Sie würde die Dinge der Reihe nach berichten, so wie sie passiert waren, und dabei war es besonders erwähnenswert, daß sie Mrs. Brown genau bis zu diesem Zeitpunkt überhaupt nicht bemerkt hatte.

„Der Regen hatte auch am darauffolgenden Morgen noch nicht aufgehört", fuhr Ellen in ihrem Bericht fort, „aber wir waren alle guter Laune, und Robert fuhr uns sicher durch Holland. Wir fuhren durch Breda und Tilburg und legten in s'Hertogenbosch eine Kaffeepause ein.

Ich kann mich nicht mehr daran erinnern, wie die Stadt

hieß, in der wir zu Mittag aßen. Wie auch immer – das Restaurant hatte für uns Tische bereitgestellt, einen großen mit zwölf Plätzen und noch ein paar kleinere Tische. Ich ließ mich an dem großen Tisch nieder, und dann bemerkte ich eine Frau, die allein saß. Sie trug eine Sonnenbrille und einen dunklen Hut mit breiter Krempe. Ich fand, es müsse doch unerfreulich für sie sein, so allein zu sitzen, erhob mich und ging zu ihrem Tisch hinüber. Ich fragte höflich, ob ich mich zu ihr setzen dürfte, und dachte natürlich, sie würde ja sagen. Aber statt dessen nickte sie nur so vage, daß man es kaum als Zustimmung deuten konnte. Ich stellte mich vor und sagte, ich käme aus den Vereinigten Staaten, aber sie gab überhaupt keine Antwort. Dann sprach ich über das schlechte Wetter. Inzwischen war die Suppe serviert worden. Sie löffelte ihre Suppe in aller Eile, erhob sich und verschwand. Ich mußte annehmen, daß sie sich nicht wohl fühlte und plötzlich krank geworden war. Dann aber stellte ich fest, daß sie nur nicht mit mir zusammen an einem Tisch sitzen wollte. Ich fühlte mich zurückgewiesen, beschämt und einfach unbehaglich."

Mrs. Collins, die aufmerksam gelauscht hatte, nickte zustimmend. „Ich kann mir gut vorstellen, daß Sie sich so gefühlt haben", sagte sie. „Sie wollten Ihre Reise genießen, und eine Mitreisende benahm sich abscheulich und unhöflich."

„Sobald wir das Mittagessen beendet hatten, bestiegen wir wieder unseren Bus. Mrs. Brown hatte direkt hinter mir gesessen, und als sie nun einstieg, saß ich bereits auf meinem Platz. Sie ging vorbei, und ich hob den Blick in der Erwartung, daß sie vielleicht in meine Richtung sehen oder stehenbleiben würde, um eine Erklärung abzugeben, warum sie so eilig den Tisch verlassen hatte. Aber sie richtete den Blick starr geradeaus und ignorierte mich vollkommen."

„War sie zu den anderen auch so unhöflich?"

„Die anderen reisten nicht, wie ich, allein. Die haben es deshalb vielleicht gar nicht bemerkt. Ich erwähnte diesen Vorfall den Mitreisenden gegenüber nicht, und keiner von ihnen erwähnte sie jemals mir gegenüber."

Vielleicht war gerade das ein Fehler, überlegte sie. Sie hätte wohl mit den anderen Reisenden über Mrs. Brown sprechen sollen. Aber was hätte sie sagen sollen? Unhöflichem Benehmen begegnete man überall auf der Welt. Gruppenreisen waren da nicht auszunehmen.

„Fahren Sie fort, Mrs. Williams", bat Mrs. Collins.

„An unserem nächsten Übernachtungsort trafen wir wieder ziemlich spät ein. Mittlerweile hatten wir die westdeutsche Grenze überschritten und befanden uns in Minden. Alex bat uns, sofort zum Abendessen zu gehen, und versprach, daß er uns nach dem Essen die Zimmernummern mitteilen und uns die Zimmerschlüssel geben werde. Die lange Fahrt hatte uns Appetit gemacht, und wir genossen das Abendessen.

Anschließend wartete Alex bereits in der Halle mit unseren Schlüsseln. Ich kam als letzte aus dem Speisesaal.

Alex sagte entschuldigend zu mir, daß es kein Einzelzimmer mehr gäbe, nur noch ein Doppelzimmer, und Mrs. Brown, die – genau wie ich – allein reiste, müsse es mit mir teilen. In der Stadt fände gerade ein Kongreß statt, deshalb wäre in ganz Minden kein Hotelzimmer mehr zu haben. Ich schaute mich nach Mrs. Brown um, aber sie war nicht anwesend. Alex sagte, er hätte ihr die Situation bereits erklärt. Ich sagte ihm, daß ich nichts dagegen hätte, für eine Nacht mit einer Mitreisenden ein Zimmer zu teilen. Schließlich sei es ja nicht seine Schuld, wenn es hier einen Raum zu wenig gäbe. Er dankte mir für mein Verständnis.

Natürlich war es mir recht unbehaglich zumute, wenn ich an Mrs. Brown dachte. Sie hatte mich bis jetzt schon zweimal vor den Kopf gestoßen. Es war ganz klar, daß sie nichts mit mir zu tun haben wollte, und ich wiederum wollte mich ihr nicht aufdrängen. Ich wußte, daß man bereits mein Gepäck in das fragliche Zimmer gebracht hatte, und beschloß, nicht vor Schlafenszeit hinaufzugehen. Mrs. Brown sollte bis dahin das Zimmer für sich allein haben.

Ich saß im Vestibül und schrieb Ansichtskarten. Dann kamen zwei Damen aus der Gruppe, zwei sehr nette ältere Schwestern aus Schottland, und fragten, ob ich nicht Lust hätte, einen Spaziergang mit ihnen zu machen. Wir entschlossen uns zu einem Schaufensterbummel. Es war ziemlich spät, als wir noch ein offenes Obst- und Gemüsegeschäft fanden, wo wir alle drei etwas Obst kauften.

Dann gingen wir noch in ein kleines Weinlokal, bis wir müde wurden und fanden, daß es Zeit sei, ins Bett zu gehen.

Als ich das Zimmer betrat, war ich überrascht, es leer zu finden. Ich hatte angenommen, daß Mrs. Brown vielleicht schon ins Bett gegangen sei. Ich zog mich aus und aß noch etwas Obst. Es schmeckte phantastisch, aber es war viel zuviel für einen allein.

Na schön – Mrs. Brown konnte mich ja wieder vor den Kopf stoßen, wenn sie wollte. Ich würde ihr das Obst dennoch auf den Nachttisch legen. Ich nahm zwei Pfirsiche und ein paar Trauben, legte sie auf eine Papierserviette und tat das Ganze auf den kleinen Nachttisch neben ihrem Bett. Dann stellte ich noch meine Schuhe vor die Tür, damit sie geputzt würden, und ging endgültig zu Bett. Ich drehte das Licht aus und zog das Plumeau hoch, eines von diesen dicken Federbetten, in denen man versinkt. Es tat mir leid, daß ich Mrs. Brown so unsympathisch war. Ich stellte mir vor, daß sie die ganze Nacht unten im Vestibül saß, um nicht den Raum mit mir teilen zu müssen. Dann schlief ich ein.

Ein schrilles Läuten weckte mich. Ich stieg aus dem Bett, um ans Telefon zu gehen. Eine Männerstimme mit reizendem Akzent begrüßte mich auf englisch und sagte, das Frühstück sei in einer halben Stunde fertig. Ich blickte hinüber zum Nachbarbett. Mrs. Brown lag darin. Auch sie hatte sich die Decke über den Kopf gezogen. Irgendwann in der Nacht war sie wohl ins Zimmer geschlichen, ohne mich zu wecken.

Ich war überzeugt davon, daß sie durch das Klingeln geweckt worden sei, und sagte: ‚Guten Morgen. Das war eben eine Aufforderung, daß wir aufstehen sollen. Um halb acht gibt es Frühstück.‘

Mrs. Brown bewegte sich ein wenig, sagte aber nichts.

Ich fühlte mich überflüssig, was eigentlich albern war, denn das Zimmer war schließlich genausogut mein Zimmer wie ihr Zimmer. Jedenfalls beeilte ich mich mit dem Anziehen. Ich wollte so schnell wie möglich da raus. Am Abend zuvor hatte ich erst gar nicht ausgepackt, so war ich denn auch in Windeseile fertig. Dann setzte ich beide Koffer für den Träger vor die Tür. Als ich meine Handtasche vom Nachttisch nahm, bemerkte ich auf dem gegenüberliegenden Nachttisch die Pfirsichkerne und den Traubenstiel. Wenn Mrs. Brown mich offenbar auch nicht ausstehen konnte, so hatte sie doch wenigstens mein Obst gegessen. Irgendwie ärgerte mich das. Mittlerweile war ich voll angezogen, nur meine Schuhe standen noch vor der Tür. In Strümpfen verließ ich den Raum. Zwei Paar schwarze Pumps, einander völlig gleich, standen vor der Tür. Ich nahm die, die ich für meine hielt, und ging zur Treppe.

Aber schon beim zweiten Schritt taten mir die Füße so weh, daß ich nicht weiterkonnte. Ich blickte auf meine Füße hinunter und stellte fest, daß ich in meiner Verwirrung und Verärgerung nach den falschen Pumps gegriffen hatte. Dies mußten die Schuhe von Mrs. Brown sein.

Die Schuhe waren eben fast von gleicher Machart, der einzige Unterschied bestand in der Größe. Mrs. Brown hatte kleinere Füße.

Ich zog die eigenen Schuhe an und ging nun endgültig nach unten zu den anderen.

Während des Frühstücks herrschte einige Aufregung. Heute sollten wir bei Helmstedt auf dem Transitweg durch die DDR nach Westberlin fahren. Alex berichtete uns, er habe am Abend zuvor mit dem Vertreter des Reiseunternehmens in Berlin telefoniert, aber trotz der veränderten Situation schien es wohl keine unmittelbare Gefahr zu geben. Vermutlich würde unsere Reise genauso ablaufen, wie sie geplant worden war.

Während ich mit Alex sprach und die Mitreisenden laut überlegten, welche Abenteuer dieser Tag uns noch bringen mochte, hatte ich Mrs. Brown fast vergessen. Auch beim Frühstück hatte ich sie nicht gesehen. Ich wurde erst wieder auf sie aufmerksam, als sie den schmalen Gang zwischen den Bus-Sitzen entlangschritt, um hinter mir Platz zu nehmen. Diesmal blickte ich aus dem Fenster, als sie an mir vorbeiging. Wieder stieg der Zorn in mir hoch, wenn ich an ihr unhöfliches Benehmen dachte.

Es regnete in Strömen, aber als wir den ersten ostdeutschen Grenzposten passierten, schien die Sonne ein wenig durch die Wolken. Vor der Autobahneinfahrt ging ein Schlagbaum herunter. Dahinter sah man überall Plakate von Ulbricht und viele Spruchbänder mit politischen Parolen.

Nach einer halben Stunde betraten zwei Männer den Bus und kontrollierten unsere Pässe. Alex und Robert mußten herauskommen und die Reisepapiere vorweisen. Sie gingen mit den Grenzwachen in eine Holzhütte. Diese Kontrolle dauerte noch länger als unsere. Endlich wurde uns die Weiterfahrt erlaubt, aber nach kurzer Zeit kamen wir schon wieder an einen Schlagbaum. Von hier aus wurde uns nach einer Weile endgültig die Durchfahrt durch ostdeutsches Gebiet gestattet. In kurzen Abständen entlang der Autobahn sahen wir Wachtürme und Soldaten mit schußbereiten Maschinenpistolen.

Busladungen von Touristen kamen uns aus umgekehrter Richtung entgegen. Sie winkten uns zu oder zeigten mit dem Daumen nach oben. Auch amerikanische und britische Armeefahrzeuge fuhren an uns vorbei. Auf beiden Seiten der Autobahn lagen Felder, auf denen Menschen arbeiteten. Sie hoben nicht einmal die Köpfe, um uns vorbeifahren zu sehen. Die Entfernung von Helmstedt nach Westberlin beträgt weniger als zweihundert Kilometer. Uns schien es eine endlos lange Strecke zu sein. Schließlich mußten wir uns noch einer letzten Kontrolle unserer Pässe und unserer Person unterziehen. Dann endlich erblickten wir die Zeichen, die uns im amerikanischen Sektor der Stadt willkommen hießen.

Aber das eigentliche Ziel lag noch vor uns. Einige Reisende erhoben sich und holten schon mal ihr Handgepäck aus den Gepäcknetzen, andere zogen sich bereits den Mantel an. Ich wollte mich für unsere Ankunft ein bißchen hübsch machen und griff nach Puderdose und Lippenstift. Als ich die Puderdose öffnete, hatte ich sie wahrscheinlich ziemlich hoch gehalten. Im Spiegel sah ich das Gesicht der hinter mir sitzenden Mrs. Brown. Nie in meinem Leben zuvor hatte ich solche Verzweiflung im Gesicht eines Menschen gesehen. Sie sah aus wie eine Mutter, die ihr totes Kind im Arm hält. Es war das Gesicht eines Menschen, der seinen letzten klaren Moment hat, kurz bevor er in Wahnsinn verfällt. Oder auch das eines Menschen, der auf dem Weg zur Hinrichtung ist. Der Anblick war so erschütternd, daß ich mein Make-up vergaß. Ich ließ die Puderdose sinken, um diesen schrecklichen Anblick nicht mehr ertragen zu müssen. Dabei fühlte ich mich wie ein Dieb. Ich war in die Intimsphäre eines Menschen eingedrungen, der sich dessen nicht bewußt war. Jetzt tat es mir leid, daß ich mich jemals über Mrs. Brown geärgert hatte. Ich war so betroffen von ihrer Verzweiflung, daß ich nicht auf die Straße geachtet hatte, auf der wir gerade entlangfuhren. Um mich abzulenken, schaute ich jetzt aus dem Busfenster. Mein erster Eindruck von Westberlin war der einer brandneuen Stadt. Es sah aus, als sei jedes der Gebäude gerade vor unserer Ankunft fertiggestellt worden.

Auch unser Hotel war ein Neubau, sehr hübsch und sehr elegant. Die große Empfangshalle war mit schönen Sesseln ausgestattet. Das Restaurant, direkt dahinter, wirkte hell und einladend. Sobald ich ausgepackt hatte, ging ich aus dem Haus, um einen Spaziergang durch die

Stadt zu machen. Das Hotel befand sich direkt in der Stadtmitte. Der Zoo lag ganz in der Nähe, und ich hatte große Lust reinzugehen. Ich liebe Zoos. So löste ich eine Eintrittskarte und wanderte zwischen den Gehegen umher. Von Krisenatmosphäre war nirgends etwas zu spüren. Eltern und Kinder genossen offenbar den sonnigen Nachmittag und die vielfältige Tierwelt ringsum. Das Gartenlokal war überfüllt. Eine Musikkapelle spielte, ein Minizug, mit winkenden, fröhlichen Kindern besetzt, fuhr auf schmalen Gleisen vorbei, und alle schienen bester Stimmung zu sein.

Zwei Stunden später verließ ich den Zoo, um mir die Stadt noch ein wenig anzusehen. Ich schlenderte den Kurfürstendamm entlang, der als wichtigstes Einkaufszentrum Berlins gilt. Ich ging auch ins KADEWE, ein riesiges Kaufhaus, und erstand ein paar Mitbringsel für meine Schwiegertöchter. Käufer und Verkäufer sahen so aus wie überall sonst in der Welt. Nichts wirkte befremdlich auf den Besucher. Nirgends schien Angst oder Alarmstimmung zu herrschen. Es war einfach ein sonniger Augustnachmittag in einer sorglosen Stadt.

Ich aß früh zu Mittag und war dabei allein. Ich konnte niemanden von unserer Gruppe im Restaurant sehen. Fast hatte ich mein Erschrecken über Mrs. Brown vergessen. Vielleicht war sie gar nicht so unglücklich, wie ich dachte. Dennoch tat sie mir von Herzen leid.

Am nächsten Morgen fuhren uns Alex und Robert zu einer Besichtigungstour durch Westberlin. Wir sahen den

Funkturm und die Corbusier-Häuser, wir fuhren durch den Tiergarten zur Kongreßhalle und dann hinaus zum Charlottenburger Schloß. Wir hielten beim Spandauer Gefängnis an und beim Flughafen Tempelhof, beim Schöneberger Rathaus und bei der Freien Universität.

Als Robert uns wieder ins Hotel brachte, bat Alex, wir sollten uns mit dem Mittagessen beeilen, weil wir um ein Uhr dreißig am Ostberliner Check-Point sein müßten. Wir gingen daraufhin alle sofort in den Speiseraum, konnten aber vor Aufregung fast nichts essen. Mrs. Willoughby, die Dame, von der ich eingangs sprach – ihr Schwager arbeitet bei der *Times* –, meinte, daß das alles eine ziemlich gewagte Sache sei. ‚Wir müssen aufpassen, wenn wir in Ostberlin sind', sagte sie. ‚Gestern abend ging ich mit Leuten von einer britischen Zeitung zum Abendessen. Ein paar Berliner waren auch dabei. Alle waren der Ansicht, daß die Situation explosiv sei. Alles könne geschehen.'

Als die Schwestern aus Schottland daraufhin meinten, sie wollten doch lieber nicht mitgehen, versuchte Mr. Mauldin sie zu überreden. Aber ihre Einwände waren so überzeugend, daß auch er es schließlich vorzog, dazubleiben und nicht mit nach Ostberlin zu gehen. Es sei doch wohl sinnlos, ein so großes Risiko auf sich zu nehmen. Und dann gab es noch weitere Ablehnungen. Einen Augenblick sah es so aus, als ob Alex und Robert einen leeren Bus nach Ostberlin bringen sollten.

Aber unsere Neugier siegte dann doch. Unser Abenteuergeist regte sich, und ungefähr um Viertel nach eins waren alle in der Hotelhalle versammelt. Wenig später begann Alex uns zu zählen, wie er das immer tat, um sicherzugehen, daß keiner fehlte. Dann runzelte er die Stirn. Es fehlte also doch jemand. Wir waren nur siebzehn statt achtzehn. Mrs. Brown war nicht anwesend. Alle schauten besorgt auf ihre Armbanduhren. Es waren noch fünf Minuten bis zur vereinbarten Abfahrtszeit. An der Ausgangstür erschien dann noch im letzten Augenblick Mrs. Brown. Wir gingen nunmehr vollzählig zum Parkplatz, wo uns Robert mit dem Bus erwartete. Alex teilte uns über Lautsprecher mit, daß wir in Kürze Ostberlin betreten würden und daß dann ein ostdeutscher Stadtführer zu uns einstiege. Wir sollten uns auf keinen Fall politisch äußern. Es sei verboten, auch nur ein Wort über die Mauer fallenzulassen. Unter keinen Umständen dürften wir uns in politische Gespräche einlassen.

In dem Augenblick, als wir den Kontrollpunkt Friedrichstraße erreicht hatten, kamen zwei Ostdeutsche zu uns in den Bus und wollten unsere Pässe sehen. Andere Uniformierte hantierten draußen und öffneten den Gepäckraum. Ein Mann kroch sogar unter den Bus, um auch dort nach Verdächtigem zu suchen. Nach ziemlich langer Zeit wurde uns dann endlich erlaubt, nach Ostberlin einzureisen. Der Bus schien durch die ganze Prozedur Angst bekommen zu haben. Offenbar war er ein sensibles Gefährt. Er schlingerte, der Motor setzte aus, und schließlich blieb er ein Stück hinter dem Schlagbaum stehen.

Im gleichen Augenblick erschien ein schlanker, junger Mann im Regenmantel und grüßte freundlich. Alex öffnete die Tür und sprach deutsch mit ihm. Dann stieg der Mann zu, und Alex stellte ihn uns als Hans, unseren Ostberliner Stadtführer, vor. Hans lächelte zuvorkommend. Sein Englisch war perfekt. Er sagte, und zwar ohne eine Spur Ironie, er hoffe, daß wir unseren Besuch genießen würden.

Ein leichter Regen nieselte vom Himmel herunter, als wir durch die trostlos leeren Straßen Ostberlins fuhren. Nach dem eleganten Westberlin war die andere Hälfte der Stadt ein geradezu schrecklicher Gegensatz. Alles sah grau aus, die Straßen, die Gebäude, die großen, offenen Plätze, die Wolken. Überall waren noch Spuren des Krieges zu sehen. Das Gefühl von Tragik lastete so schwer auf der Stadt wie die dunklen Regenwolken. Es gab kaum Verkehr. Die Häuser und Wohnblocks schienen keine Bewohner zu haben. Schließlich erblickten wir jemanden – einen einzelnen Mann, der in einem Türrahmen stand. Aber er würdigte uns keines Blickes. Dann sahen wir eine Frau am Geländer ihres Balkons stehen, aber auch sie schien uns gar nicht wahrzunehmen.

Während der ganzen Zeit sprach Hans über Ostberlin und gab statistische Zahlen bekannt – Bevölkerung, Industrie, Mieten, Einkommen, Beschäftigte, Lebensstandard. Wir fuhren zur Prachtstraße ‚Unter den Linden', sahen das Opernhaus, die Staatsbibliothek und die Humboldt-Universität. Wir kamen an Hitlers Bunker vorbei und hielten schließlich an einem Kiosk, um Ansichtskarten zu kaufen. Dann fuhren wir zum Treptowpark weiter. Auch dort hielten wir an. Wir stiegen aus und folgten Hans auf dem Weg zum sowjetischen Ehrenmal.

Der Regen war stärker geworden und klatschte laut aufs Pflaster, während wir angestrengt den Worten unseres Führers über die Zahl der gefallenen russischen Soldaten lauschten sowie über die Höhe und das Material dieses Denkmals. Dann wurde der Regen endgültig zum Wolkenbruch. Wir wurden durch und durch naß. Wir rannten den langen Weg zum Bus zurück und nahmen völlig durchnäßt wieder unsere Plätze ein. Mrs. Brown ging vor mir, als wir den Bus bestiegen, und ich trat genau in die kleinen Pfützen, die ihre Schuhe auf dem Läufer im Gang hinterlassen hatten. Der Regen schien nicht aufhören zu wollen. Er trommelte gegen die Busscheiben und verbarg Ostberlin vor unseren Blicken.

Nach einer Weile hielt unser Bus vor dem Pergamon-Museum. Wir erhoben uns ein wenig widerstrebend. Wie eine Gruppe Verlorener setzten wir uns in unseren ohnehin durchnäßten Kleidern aufs neue tapfer dem herniederrauschenden Regen aus. Das Gebäude vor uns sah genauso streng und finster aus wie fast alle Museen auf der Welt. Aber wir rannten darauf zu, als verberge sich dahinter das Paradies, denn wir hatten genug vom Regen. Drinnen war es sehr dunkel. Es gab um diese Tageszeit offenbar überhaupt keine Beleuchtung irgendwelcher Art. Hans ging voraus, kommentierte und erzählte mit gedämpfter

Stimme alles Wissenswerte über die Exponate. Er sprach so feierlich, als befänden wir uns in einer Kirche. Die Nachzügler in unserer Gruppe trödelten hinter uns her und mußten sich schließlich beeilen, um wieder aufzuholen.

Ich war gerade im Begriff, gleichfalls der Gruppe zu folgen, als jemand mir leicht die Hand auf die Schulter legte. Ich wandte mich um und erblickte zu meinem Erstaunen Mrs. Brown. Die Krempe ihres Hutes beschattete ihr Gesicht. Regentropfen lösten sich vom Hut und fielen auf den Boden. Sie lächelte seltsam, ich kann nicht beschreiben, wie. Es war ein gequältes Lächeln. Ich wagte kaum, sie anzusehen, weil ich befürchtete, in ihren Zügen wieder diese unerträgliche Traurigkeit zu finden, die ich beobachtet hatte, als wir uns Westberlin näherten.

Sie begann zu sprechen: ‚Ich danke Ihnen für das Obst', sagte sie. ‚Es hat großartig geschmeckt. Ich habe es sehr genossen.' Sie flüsterte dabei, als ob sie mir ein Geheimnis anvertraute, das kein anderer erfahren dürfe. Ich war völlig überrascht und sagte ihr ganz erfreut, daß ich das doch gern getan hätte. Meine Stimme hallte in dem langen Korridor wider.

Ich fürchtete mich plötzlich und hatte das Gefühl, ich sei völlig allein, obwohl Mrs. Brown doch neben mir stand. Die anderen waren schon verschwunden. Mir wäre es lieber gewesen, ich hätte sie irgendwo entdecken können. Ich bog nach rechts. Die Gruppe war nicht mehr da. Ich hielt mich links. Da waren sie auch nicht. Jetzt eilte ich wieder dem Ausgang zu und geriet dabei in eine große Halle, und da sah ich sie endlich von ferne. Wie erleichtert ich war, kann ich Ihnen gar nicht beschreiben. Schleunigst begab ich mich zu den anderen, um zuzuhören, wie Hans über die hellenistische Kultur Pergamons zu sprechen begann. Aber ich konnte mich nicht konzentrieren. Ich dachte nur an Mrs. Browns seltsames Benehmen, als sie sich für das Obst bedankte. Warum, Mrs. Collins, hat sie mir denn genau zu diesem merkwürdigen Zeitpunkt gedankt?"

„Und dabei war es doch offenbar nicht die erste Gelegenheit, die sie dazu gehabt hätte", warf Mrs. Collins ein.

„Ja, eben! Sie saß stundenlang hinter mir im Bus. Sie hätte sich jederzeit vorbeugen und bedanken können. Sie war doch auch noch in jenem Hotelzimmer mit mir zusammen, an dem Morgen, nachdem sie das Obst gegessen hatte. Da verlor sie kein Wort darüber. Warum tat sie das erst im Museum? Warum gerade da?"

„Es gibt eben unberechenbare Menschen. Vielleicht hatte sie plötzlich Schuldgefühle bekommen und bereute, daß sie sich nicht schon früher bedankt hatte."

„Aber finden Sie nicht auch, daß es doch sehr merkwürdig war, gerade da – in dem finsteren Museum?"

„Doch, gewiß. Ich finde es auch recht eigenartig."

„Nun ja – wie auch immer. Das Pergamon-Museum bildete den Abschluß unseres Ostberlin-Besuchs. Hans blieb bis zum Kontrollpunkt im Bus. Dann verabschiedete er sich, winkte und verschwand im Regen. Wir alle bedauerten, daß wir ihn in dieser tristen Stadt zurücklassen mußten. Wir fanden ihn alle sympathisch.

Am Check-Point wurden wir derselben Prozedur unterzogen wie beim Herweg, nur daß die Kontrolle diesmal noch viel gründlicher durchgeführt wurde. Die Vopos, oder wie die Leute dort heißen mögen, verglichen mit größter Sorgfalt unsere Gesichter mit den Fotos in den Pässen. Sie durchsuchten den Kofferraum, machten Stichproben beim Gepäck und krochen auch wieder unter den Bus. Sie redeten miteinander, prüften und überprüften nochmals, und dann ging das Ganze wieder von vorne los. Es war zum Auswachsen. Aber dann wurde doch genickt, und wir konnten endlich wieder zurück nach Westberlin.

Unser Aufenthalt in Ostberlin hatte uns alle deprimiert. So saßen wir still und bedrückt im Bus. Als wir im fließenden Verkehr des Kurfürstendamms an der Kaiser-Wilhelm-Gedächtniskirche vorbeifuhren, sprach Mrs. Willoughby aus, was wir alle dachten: ‚Ich war nie in meinem Leben so froh, eine Gegend verlassen zu haben, wie jetzt, als wir soeben aus Ostberlin herausfuhren. Diese Stadt erscheint mir wie ein riesiges Gefängnis. Bis zum letzten Sonntag konnten die Bewohner Ostberlins wenigstens noch mit der S- oder U-Bahn nach Westberlin hinüberfahren. Aber jetzt ist das alles vorbei. Wenn ich erst mal aus den nassen Kleidern komme, werde ich einen starken Tee brauchen.‘

‚Sie haben vollkommen recht, Mrs. Willoughby‘, sagte Mr. Mauldin. ‚Ich werde sogar noch etwas Stärkeres zu mir nehmen, sobald ich die nassen Kleider vom Leibe habe und mich wieder präsentieren kann.‘

Wir müssen einen ziemlich schäbigen Eindruck gemacht haben, als wir in unseren nassen Kleidern durch die Empfangshalle schlichen und dem Aufzug zustrebten. Im übrigen war ich mal wieder die letzte und paßte nicht mehr hinein. So blieb ich zurück und wartete, daß der Aufzug wieder herunterkäme. Inzwischen betrachtete ich mir die Zeitungen im Zeitungsstand, aber die Schlagzeilen waren deutsch, und ich konnte kein Wort verstehen. So wandte ich mich wieder der Aufzugtür zu, aber das Rotlicht flammte auf, und ich mußte noch weiter warten. Ich ließ meine Blicke durch die Halle schweifen und erblickte plötzlich Mrs. Brown, die dort allein auf einem Sofa saß. Offenbar fühlte sie sich recht wohl und hatte keine Eile, nach oben zu kommen. Aber dann warf ich einen Blick in ihr Gesicht und erstarrte. Mrs. Collins, was ich sah, ist am besten mit dem Wort Ausgelassenheit zu bezeichnen. Sie wirkte so... so, wie soll ich sagen, so selbstzufrieden, und plötzlich brach sie auch noch offensichtlich grundlos in lautes Gelächter aus. Ich konnte es nicht fassen. Ich wußte, daß niemand aus unserer Gruppe nach diesem Besuch in Ostberlin irgendeinen Grund zum Lachen gefunden hätte, in Rückerinnerung an diese tote Stadt. Dann dachte ich, daß vielleicht irgend etwas Komisches in der Halle zu sehen wäre, aber soviel ich mich anstrengte, etwas Derartiges zu entdecken, da war nichts.

Mrs. Collins, nach allem, was ich Ihnen bis jetzt geschildert habe, können Sie sich erklären, warum Mrs. Brown plötzlich so irrsinnig fröhlich zu sein schien?"

Mrs. Collins betrachtete ihren bandagierten Ellenbogen, als ob sie dort die Antwort auf diese Frage ablesen könnte. Sie hatte die Brauen zusammengezogen und dachte angestrengt nach. „Ich weiß nicht, ob ich recht habe", meinte sie schließlich, „aber vielleicht ist dies die Antwort. Sehen Sie, manche Leute reagieren eben völlig anders als andere auf die gleiche Situation. Die meisten von Ihnen waren niedergedrückt, aber Mrs. Brown schien glücklich zu sein, angesichts der Erfahrung, die sie in Ostberlin gemacht hatte. Ich meine damit, daß sie vielleicht dankbar war. Sie hat dieses ganze Elend gesehen und festgestellt, wie glücklich sie sich doch im Vergleich dazu schätzen konnte. Was für private Sorgen Mrs. Brown auch vorher gequält haben mochten, als Sie sie bei der Einfahrt nach Westberlin beobachteten, sie hatten nun plötzlich keine Bedeutung mehr, weil sie mit eigenen Augen beobachten konnte, was die Menschen in Ostberlin auszuhalten hatten."

„Ja, vielleicht war es so. Aber ich glaube nicht, daß es Dankbarkeit war, die sich in ihrem Gesicht ausdrückte. Sie sah so triumphierend aus. Es war eher hämische Freude, die sich in ihren Zügen widerspiegelte.

Jedenfalls war unser kurzer Besuch in Ostberlin zu Ende, und Sie können sich unsere Erleichterung vorstellen, als wir am nächsten Tag wieder nach Westdeutschland zurückfuhren. Wir hatten einen schönen Nachmittag und verbrachten den Abend in Goslar. Am Tag darauf fuhren wir nach Rüdesheim. Mrs. Brown hielt sich nicht länger zurück. Zweimal saß ich mit ihr zusammen beim Essen, und sie benahm sich mit einemmal genauso unbefangen wie jeder andere. Sie nickte mir nun auch immer zu, wenn sie durch den Bus an mir vorbei zu ihrem Platz ging. Aber in Rüdesheim verblüffte sie mich aufs neue. Ich entdeckte in einem Laden schöne, saftige Pfirsiche, kaufte welche und wollte Mrs. Brown davon etwas abgeben. Ich wußte doch, daß sie Pfirsiche gerne mochte, und hielt ihr also die Tüte hin. ‚Nein danke', sagte sie.

Ich bestand darauf. Es waren mehr Pfirsiche, als ich allein essen konnte, und sie hatte mir doch selbst gesagt, daß sie die Pfirsiche in Minden sehr genossen habe. ‚Nehmen Sie doch wenigstens einen', drängte ich.

‚Es ist ja furchtbar nett, daß Sie mir die anbieten', erwiderte sie, ‚aber ich reagiere allergisch auf Pfirsiche.' Ich mußte mich sehr beherrschen, um nicht meine Verblüffung zu zeigen. Stellen Sie sich das doch mal vor: Ein paar Tage vorher hatte sie die Pfirsiche gegessen, die ich ihr auf den Nachttisch gelegt hatte!

Unsere Reise war kurz darauf zu Ende, und es blieb mir kaum Zeit, mir über Mrs. Browns merkwürdiges Verhalten Gedanken zu machen. Nach Rüdesheim ging unsere Reise den Rhein entlang über Koblenz und von da nach Bonn. Hinter Bonn überschritten wir die belgische Grenze und fuhren über Liège nach Brüssel, unserem letzten

Aufenthalt.

An diesem Abend in Brüssel war Alex besonders unternehmungslustig. Wir stimmten ihm zu, als er den Besuch eines Nachtclubs vorschlug, und alle – außer Mrs. Willoughby und Mrs. Brown, die beide erklärten, sie seien zu müde – gingen mit Alex auf Nachtbummel. Die Show, die wir sahen, war nicht besonders geistreich, und auch der Sekt war nicht von der besten Sorte. Dennoch genossen wir diesen Abend und wollten nicht so bald nach Hause. Es sah nicht so aus, als ob wir uns jemals wieder begegnen würden. So wollten wir uns noch nicht voneinander verabschieden. Alex war angeheitert und gab zu, daß er als Reiseleiter bisher noch nie eine so brenzlige Tour gemacht habe. Und er gestand auch, daß er ziemliche Angst gehabt hätte, als wir nach Ostberlin einfuhren. Das stimmte wohl. Mir war aufgefallen, daß er während des ganzen Aufenthaltes in Ostberlin etwas verkrampft gewirkt hatte. Diese Eröffnung war nun wiederum ein Anlaß, mit Sekt anzustoßen. Wir toasteten Alex zu, Alex toastete zurück, wir waren alle miteinander glücklich und fanden alles fabelhaft.

So kamen wir erst ziemlich spät zum Hotel zurück.

Mrs. Browns Zimmer befand sich direkt neben meinem. Von weitem sah ich schon ihre schwarzen Pumps vor der Tür stehen. Das erinnerte mich daran, daß ich meine Pumps gleichfalls zum Putzen hinausstellen sollte. Ich schloß die Tür auf und ging zum Schrank, um die Schuhe herauszuholen und sie neben die von Mrs. Brown zu stellen. Dann ging ich ins Zimmer zurück, versperrte die Tür und sank in mein Bett. Aber ich konnte nicht gleich einschlafen. Plötzlich fiel mir ein, daß irgend etwas doch äußerst seltsam zu sein schien. Aber was war es? Nein – es war nicht der Sekt, der daran schuld war.

Ich erhob mich wieder und schloß die Tür auf.

Mrs. Browns Schuhe waren das Seltsame, das mich beunruhigte. Da standen sie, und meine Pumps sahen winzig im Vergleich zu ihren aus.

Aber das war doch nicht möglich! Meine Schuhe waren doch größer gewesen als ihre. In dem Durcheinander, als wir in Minden das Hotelzimmer geteilt hatten, hatte ich doch aus Versehen ihre Schuhe angezogen und hatte keinen Schritt darin gehen können. Ich bückte mich und nahm Mrs. Browns Schuhe auf. Ich zog sie an. Sie saßen mir so lose, daß ich sie beim ersten Schritt verloren hätte.

Dann erschrak ich. Aus dem Zimmer von Mrs. Brown kam ein Geräusch. Gerade, als ich ihre Schuhe ausgezogen und sie wieder an ihren Platz zurückgestellt hatte, öffnete sich die Tür. Für einen Augenblick ließ mich der genossene Sekt Mrs. Brown zweimal sehen – ganz außergewöhnliche Zwillinge.

‚Hallo', sagte ich, ‚ich hoffe, ich habe Sie nicht gestört. Wir sind gerade von unserem Nachtausflug zurückgekommen, und ich habe nur noch meine Schuhe herausgestellt, damit sie geputzt werden.'

Beide Mrs. Browns lächelten mich an. Beide waren überaus freundlich. ‚Hauptsache, Sie hatten einen vergnügten Abend', sagten sie. ‚Gute Nacht!' Und dann wurde die Tür geschlossen.

Mir wurde ganz schwindlig. Doch ich brachte es fertig, in mein Zimmer zurückzugehen, obwohl der Boden leicht zu schwanken schien. Etwas taumelig erreichte ich mein Bett und ließ mich hineinfallen.

Ich schlief wundervoll und wachte erfrischt auf. Jeder, der an diesem Abend teilgenommen hatte, fühlte sich genauso wohl wie ich. Der Sekt hatte uns allen gutgetan. Die Überfahrt zurück nach England verlief ein bißchen stürmisch, die See war rauh. Aber uns war's egal. Ein Bus erwartete uns in Dover, und wir fuhren nach London zurück. Unterwegs redeten wir uns die Köpfe heiß über unsere aufregende Reise. Im Busbahnhof angekommen, suchten wir unser Gepäck zusammen und stellten uns in einer Reihe auf, um auf ein Taxi zu warten. Ich hatte wenig Zeit, weil ich das Flugzeug nach New York erwischen mußte, das in Bälde vom Londoner Flughafen starten sollte. So schoben mich Alex und Mr. Mauldin in die erste Taxe, die kam. Alle winkten mir ein letztes Lebewohl zu, und die, die am lebhaftesten winkte und am reizendsten dazu lächelte, war Mrs. Brown. Ich habe noch nie einen so völligen Wandel bei einem Menschen erlebt, wie bei Mrs. Brown. Noch nie – so lange ich lebe. Sie sind Psychologin. Bitte erklären Sie es mir. Ich jedenfalls habe noch nie erlebt, daß Menschen sich so schnell ändern können."

„Sie haben recht, Mrs. Williams. Menschen ändern sich

im Grunde genommen wenig. Selbst wenn sich jemand einer Psychoanalyse unterzieht, ändert er sich nicht völlig. Er erfährt einiges mehr über sich und richtet sein Verhalten danach ein, aber er bleibt trotz allem der gleiche Mensch."

„Warum hat sich dann Mrs. Brown so total verändert? Dafür muß es doch eine Erklärung geben."

„Je ausgefallener eine Antwort auf eine Frage zu sein scheint, desto mehr muß sie als Lösung in Betracht gezogen werden, wenn man alle Tatsachen einmal einer genauen Prüfung unterzogen hat."

„Nun gut, wir finden beide, daß Menschen sich im Grunde nicht ändern. Aber Mrs. Brown *hat* sich geändert."

„Und Sie sagten doch, daß niemand der anderen Reisenden das bemerkt hat."

„Ja, ich war ja die einzige, die überhaupt Gelegenheit hatte, das festzustellen, denn ich habe ja ein Zimmer mit ihr geteilt. Ich beobachtete rein zufällig den Ausdruck von Verzweiflung in ihrem Gesicht, als wir kurz vor Westberlin waren. Ich..."

„Sie hatten zweimal ihre Schuhe an den Füßen."

„Es kann ja sein, daß ich mich bezüglich der Schuhgröße an diesem Abend geirrt hatte, weil ich doch recht beschwipst war. Ich hatte ziemlich viel Sekt getrunken. Aber was auch immer mit ihrer Schuhgröße sein mag – das ist nicht so gravierend. Doch ihr Benehmen hatte sich so geändert: es war so verschieden wie Tag und Nacht.

Warum hat sie sich nicht genauso verhalten wie der Mensch, der sie auf der Hinfahrt war? Es war, als wären es zwei verschiedene Frauen gewesen."

Ellen Williams' Bemerkung schien im Raum hängen zu bleiben. Eine tiefe Stille trat ein. Die beiden Frauen sahen sich stumm an. Dann dämmerte ihnen die Wahrheit.

„Das ist es, Mrs. Williams! Genau das ist es! Es waren zwei Mrs. Browns. Eine Mrs. Brown begann ihre Reise in London und blieb in der Reisegruppe, bis Sie nach Ostberlin und damit hinter die Mauer kamen. Die andere Mrs. Brown kam aus dem Pergamon-Museum und setzte die Reise fort. Eine Mrs. Brown hatte kleine Füße, die andere hatte große. Die eine mochte Pfirsiche, die andere war dagegen allergisch. Die eine Mrs. Brown wußte, daß sie einen anderen Platz einzunehmen hatte, daß sie in Ostberlin oder sonstwo hinter dem Eisernen Vorhang würde bleiben müssen. Das erklärt auch ihre Zurückhaltung und die Verzweiflung, die Sie im Spiegel Ihrer Puderdose beobachten konnten. Die andere Mrs. Brown war in der Halle des Westberliner Hotels so froh, weil sie davongekommen war. Natürlich hatte sie keine Eile, nach oben zu gehen, um ihre Kleider zu wechseln, denn die waren ja wohl nicht naß. Sie hielt sich während des Wolkenbruchs im Pergamon-Museum versteckt. Dort wartete sie auf das Erscheinen der anderen Mrs. Brown."

„So muß es gewesen sein. So und nicht anders!" rief Ellen Williams. „Wie dumm von mir, daß ich das nicht gleich gemerkt habe. Wenn ich geahnt hätte, was dort im Gange war, dann hätte ich die erste Mrs. Brown vielleicht noch retten können."

„Das glaube ich nicht, dafür bestand keine Hoffnung. Der ersten Mrs. Brown konnte nicht geholfen werden. Dazu war es schon zu spät."

„Vielleicht waren es beide Spioninnen", vermutete Mrs. Williams.

„Natürlich nicht", entgegnete Mrs. Collins. „Wären sie Spioninnen gewesen, hätte sich der Austausch in aller Stille vollzogen, und Sie hätten nie eine Abweichung in der Schuhgröße oder sonst was feststellen können. Die erste Mrs. Brown wäre dann auch nicht verzweifelt gewesen. Als Spionin hätte sie eine ihr aufgetragene Mission erledigt und hätte gutes Geld dafür bekommen."

„Wollen Sie damit sagen, daß die erste Mrs. Brown gekidnappt wurde, während wir im Pergamon-Museum waren, und daß jemand anders ihren Platz einnahm?"

„Aber durchaus nicht", erwiderte Mrs. Collins. „Bedenken Sie doch, die beiden trugen die gleichen Kleider. Das war ein ausgetüftelter Plan, alles war schon lange zuvor in die Wege geleitet worden. Und die erste Mrs. Brown kannte ihr Schicksal genau. Da wird eine moralische Erpressung im Spiel gewesen sein. Vielleicht wollte sie aber auch ein Mitglied der Familie retten. Vor der Ausführung des Planes war sie dazu angehalten worden, niemandem etwas davon zu sagen, mit niemandem Freundschaft zu schließen. Es hätte unter den Mitreisenden zuviel Aufsehen erregt. Vor allem auf dem Rückweg nach London. Es wäre aufgefallen, daß es sich um zwei verschiedene Frauen handelte. So verhielt sich die eine indifferent, damit die andere sich anschließend frei bewegen konnte. Deshalb schien die erste Mrs. Brown auch so unerklärlich unhöflich Ihnen gegenüber. Deswegen blieb sie auch dem Zimmer fern, das Sie miteinander teilen mußten. Deshalb hat sie sich niemandem aus der Gruppe angeschlossen. Dann, in der Dunkelheit des Pergamon-Museums, kurz bevor der Austausch stattfand, dachte sie wohl, daß keine Gefahr mehr bestünde, und hat Ihnen darum noch schnell für das Obst gedankt. Sie war gewiß dankbar für Ihre Freundlichkeit und hat es wahrscheinlich bedauert, daß sie diese Dankbarkeit nicht vorher zum Ausdruck bringen konnte."

„Und ich habe nichts dergleichen auch nur geahnt", sagte Ellen Williams nachdenklich.

Man muß immer mißtrauisch sein, denn es gibt viel Böses auf der Welt, hätte Mrs. Collins beinahe erwidert. Aber dann fand sie, daß es doch besser wäre, die Arglosigkeit und Unbefangenheit von Ellen Williams nicht zu erschüttern. Außerdem gab es ja auch eine Menge Erfreuliches in der Welt. Besonders, wenn man Menschen kennenlernt, die so sympathisch waren wie Ellen Williams.

Schneider-Buch

München – Wien – Hollywood/Florida USA
Titel der amerikanischen Originalausgabe
DEATH CAN BE BEAUTIFUL

erschienen bei Dell Publishing Co., Inc., New York, N.Y.
Übersetzung Ursula Pommer
Umschlaggestaltung Regina Bürger unter Verwendung
einer Illustration von Herbert Horn
Redaktion Sibylle Tietz
ISBN 3 505 08425 5
Bestellnummer 8425
Weitere spannende Bücher von Alfred Hitchcock
sind in Vorbereitung

Leseprobe aus
Alfred Hitchcock **Wetterprognose: Kugelhagel**

Es goß in Strömen. Ich saß mit dem Rücken zum Schreibtisch und starrte in den Regen hinaus. Das war kein Wetter, um draußen irgend etwas zu tun. Nebenbei bemerkt: Ich hatte im Augenblick sowieso nichts zu tun, es wartete keine Arbeit auf mich. Wenn ich etwas öfter ausgehen müßte und dabei einen Auftrag auszuführen hätte, so hätte ich sicher eine schönere Aussicht. Ich könnte dann den Regen von einem Fenster mit Blick auf eine Allee genießen, anstatt von einem Hinterhausfenster. Vorausgesetzt natürlich, daß meine Klienten mir für meine Arbeit draußen mehr bezahlten, als ich gewöhnlich bekomme.

Mein Name ist Percy Hand, und ich bin Privatdetektiv. Allerdings werde ich nicht allzuoft von Klienten aufgesucht. Das macht es schwierig, meine Miete aufzubringen, gibt mir aber viel Zeit, bei schlechtem Wetter den Regen zu beobachten.

Jetzt hörte ich, daß jemand die Diele betrat. Ich habe ausgesprochen große Ohren, und mein Gehör ist ausgezeichnet. Ich machte mir den Spaß, aus der Art der Geräusche mir die sich nähernde Person vorzustellen. Aus dem schnellen, scharfen Klang ihrer Schritte schloß ich, daß es sich um eine Frau, und zwar um eine junge Frau handeln mußte. Außerdem hatte ich die Vorstellung, daß diese Frau, wer auch immer sie sei, stolz, ja überheblich sein müsse. In ihrer Handtasche sah ich im Geiste ein Scheckbuch, in das sie, wenn sie wollte, eine sechsstellige Zahl schreiben konnte – sechsstellig links vom Komma, versteht sich.

Natürlich waren meine Überlegungen völlig ohne Gewähr, woraus zu schließen ist, daß ich nicht der Welt bester Detektiv bin, doch auch nicht der schlechteste! Ich dachte einfach so: Unvermögende Frauen können nicht stolz sein. Jedenfalls, wenn sie wirklich reich war, so kam sie mit großer Wahrscheinlichkeit nicht zu mir.

Aber da irrte ich mich. Die Tür zur Diele meines Empfangsraumes öffnete und schloß sich wieder, wobei ein kurzes, fast ärgerliches Summen ertönte. Ich beschäftigte keine Empfangsdame – so ein Summapparat ist billiger, wenn auch nicht so amüsant, vor allen Dingen nicht an Regentagen. Ich erhob mich von meinem Schreibtischstuhl und lief eilig in den Empfangsraum, ehe der Besucher Zeit gefunden hatte, sich wieder zu entfernen.

Sie trug einen Regenmantel mit Gürtel und hielt in der Hand einen dazu passenden Hut. Ihr Haar war dunkel und kurz geschnitten und von der feuchten Luft etwas kraus. Sie war ziemlich groß; einem kleinen Mann konnte sie sicher über den Kopf blicken und einem großen über die Schulter, wenn er nicht gerade ein Riese war. Sie hatte schöne Beine, und ihre sportlichen braunen Schuhe hatten flache Absätze. Nach dem Geräusch, das sie verursachten, mußten es Lederabsätze sein.

„Sind Sie Mr. Percy Hand?“ fragte sie.

Ihre Stimme war melodisch und wandlungsfähig. Jetzt klang sie bewußt sachlich, aber ich vermutete, daß sie, wenn die Umstände es erforderlich machten, freundlich und warm sein konnte.

Ich bestätigte ihr, Percy Hand zu sein, und fragte: „Was kann ich für Sie tun?“ Dabei schaute ich sie prüfend an.

„Na, ich weiß nicht recht.“ Sie blickte sich abschätzend in meinem schäbigen kleinen Zimmer um. „Ich hatte mir das hier anders vorgestellt. Sehen die Büros von Privatdetektiven immer so aus?“

„Nicht alle. Das hängt allein davon ab, was sie verdienen.“

„Eigentlich gefällt mir das nicht. Es bedeutet doch, daß Sie nicht viele Klienten haben, und dafür muß es ja einen Grund geben. Warum haben Sie so wenig Erfolg?“ fragte sie spitz.

„Glück ist wichtiger als Erfolg“, erwiderte ich. „Das ist mein Wahlspruch.“

„Ein hübscher Wahlspruch – wenn man sich ihn leisten kann. Aber vielleicht haben Sie wenig Erfolg, weil Sie besonders ehrlich sind. Ich stelle mir vor, daß Privatdetektive im allgemeinen nicht sehr vertrauenswürdig sind.

Stimmt's?"

„Meine Berufsehre verbietet eine Antwort auf diese Frage."

„Oh, dann stimmt das also, was ich über Sie gehört habe. Jemand hat mir gesagt, Sie seien ein aufrichtiger Mensch."

„Vielen Dank an den Herrn Jemand. Wer ist es denn?"

„Das sage ich Ihnen nicht. Spielt auch keine Rolle. Es war eine Frau, für die Sie mal gearbeitet haben. Sie hat mir gesagt, Sie seien zwar kein Genie, aber dafür seien Sie zuverlässig."

„Nochmals vielen Dank. Ich behaupte trotzdem, daß ich vorübergehend durchaus genial sein kann, wenn mich meine Aufgabe fesselt."

„Nun, das ist mir nicht wichtig. Ich brauche jemanden für eine einfache Aufgabe, jemand, auf dessen Diskretion ich mich verlassen kann."

„Dann bin ich Ihr Mann. Einfache, diskrete Jobs sind meine Spezialität."

„Gut, dann bleibe ich und erkläre Ihnen alles."

HABE ICH		WÜNSCHE ICH MIR
	Als Sammelband:	
	Heiße Kriminalgeschichten	
	Mitternachtsparty	
	Als Taschenbuch:	
	Heiße Kriminalgeschichten Band 1: **Ein todsicheres Alibi** (Nr. 7303)	
	Band 2: **In der Schlinge** (Nr. 7315)	
	Band 3: **Nur ein bißchen Arsen** (Nr. 7316)	
	Band 4: **Ein Gentleman in Schwierigkeiten** (Nr. 7327)	
	Band 5: **Gute Zeugen sterben aus** (Nr. 7346)	
	Band 6: **Ein Wort zuviel kann tödlich sein** (Nr. 7347)	
	Band 7: **Treu bis ans Grab** (Nr. 8348)	
	Band 8: **Ein Alibi zur rechten Zeit** (Nr. 8714)	
	Band 9: **Der Schuß ins Schwarze** (Nr. 8493)	
	Band 10: **Mit tödlicher Sicherheit** (Nr. 8494)	

Deine Wunschliste bitte hier ausschneiden.